KB270959

百八煩惱

청운하 新무협 판타지 소설
FANTASTIC ORIENTAL HEROES

백팔번뇌

백팔번뇌 5

청운하 新무협 판타지 소설

초판 1쇄 찍은 날 § 2009년 3월 25일
초판 1쇄 펴낸 날 § 2009년 4월 3일

지은이 § 청운하
펴낸이 § 서경석

편집장 § 문혜영
편집 § 서지현

펴낸곳 § 도서출판 청어람
등록번호 § 제1081-1-89호
등록일자 § 1999. 5. 31
어람번호 § 제2-1709호

주소 § 경기도 부천시 원미구 심곡2동 163-2 서경B/D 3F (우) 420-822
전화 § 032-656-4452 팩스 § 032-656-4453
http://www.chungeoram.com
E-mail § eoram99@chollian.net

ⓒ 청운하, 2008

ISBN 978-89-251-1750-8 04810
ISBN 978-89-251-1484-2 (세트)

청운하 新무협 판타지 소설

FANTASTIC ORIENTAL HEROES

百八煩惱

백팔번뇌

완결

5

천외삼협(天外三俠)

도서출판 청어람

目次

第一章
천향섭혼음(天香攝魂音)

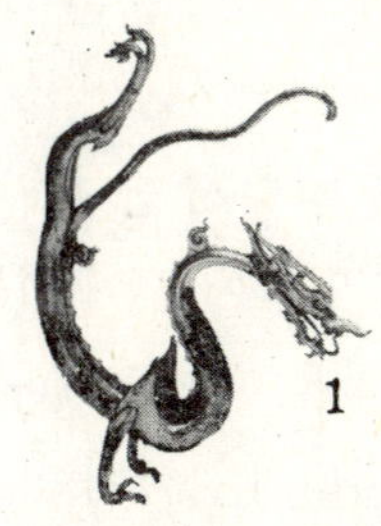

1

　장한명의 최초 진화는 신궁화가 준비한 지하 밀실에서 이루어졌다.

　진화의 고통을 겪던 장한명은 그 지하 밀실에서 우연히 붉은 눈동자를 보게 되었다.

　당시 붉은 눈동자는 장한명의 일거수일투족을 예리하게 더듬었다.

　깊고 고요한 붉은 눈동자의 눈빛은 장한명의 전신을 통과했다

　장한명의 몸을 투영한 붉은 그림자는 장한명이 재차 눈길을 던졌을 때는 이미 사라지고 없었다.

아주 찰나의 마주침이었지만, 그 붉은 눈동자가 주는 신비로운 느낌은 장한명의 뇌리에 붉은 낙인처럼 강렬하게 박혀 있었다.

그 붉은 눈동자를 오늘 다시 만나게 된 것이다.

붉게 솟아오르는 태양빛에 젖어 있는 붉은 눈동자는 오늘따라 더욱 짙은 붉은 빛을 띠고 있었다.

그것은 마치 두 덩어리의 불꽃처럼 보였다.

붉은 눈동자는 쉴 새 없이 움직였다.

동쪽에 있는가 하면 어느새 서쪽에 있었고, 서쪽에 있는가 하면 북쪽에 있었다.

바위에 박혀 있던 붉은 눈동자는 풀숲에 있었고, 허공을 둥둥 떠다녔다.

붉은 눈동자는 시간과 공간을 초월한 불가사의한 이동 능력을 보이고 있었다.

여러 마리의 반딧불이 어둠 속을 유영하며 불빛을 반짝이고 있는 것과 흡사한 느낌을 주었다.

붉은 눈동자의 목소리가 영혼을 울리듯 음산하게 흘러나왔다.

"평화에 질려 난세를 원하는 인간들에게 큼직한 난세를 던져 준 백의성군 진유성의 행동은 옳았다. 그 덕에 무림은 다시 활기를 되찾았고, 검 대신 호미와 괭이를 잡았던 무림인들 대부분 다시 돌아왔다. 비로소 세상은 평화를 되찾은 것이다.”

장한명은 피식 웃었다.

“난세가 평화라? 지나는 개도 웃을 소리가 아닌가.”

붉은 눈동자가 느릿하게 장한명에게로 향했다.

“개 따위가 웃으라고 마교를 부활시킬 것이 아니란다, 아이야. 개가 웃을 일은 정작 따로 있다. 백의성군 진유성이 산적이 되어 지나는 양민들 호주머니나 턴다면 그게 정말 웃을 일이 아니겠느냐?”

“차라리 그 편이 낫지 않을까요? 천의맹에 마교의 옷을 입혀 세상을 지옥으로 만드는 편보다⋯⋯.”

신궁화의 말이었다.

붉은 눈동자에 비릿한 웃음이 떠올랐다.

“지나는 무림인을 붙잡고 물어보면 답은 간단하게 나온다. 그들의 대답은 한결같을 것이다. 적어도 지난 십 년 평화의 시대보다는 그래도 지금이 행복하다고 말이다.”

“틀렸습니다. 세상 어디에도 지옥이 주는 행복은 없습니다.”

“자신하느냐?”

“자신합니다.”

신궁화의 대답이 떨어지는 순간 붉은 눈동자가 뇌전이 치듯 번쩍였다.

신궁화는 휘청했다.

붉은 눈동자는 어느새 신궁화의 어깨에 박혀서 움직이고
있었다.

붉은 눈동자는 신궁화의 어깨에서 천천히 움직여 가다 목
의 중앙에서 멈추었다.

그 광경을 본 장한명은 손을 빠르게 움직여 어느새 붉은 눈
동자를 잡아갔다.

바로 그 순간, 붉은 눈동자의 음산한 목소리가 떨어졌다.

"나를 잡는 순간 이 여자는 지옥을 보게 된다, 아이야."

장한명의 손은 허공에서 멈칫했다.

붉은 눈동자의 눈빛에 차가운 냉기가 떠올랐다.

"스스로 최고라는 생각은 아주 위험한 생각이라는 것을 알
아야 한다."

장한명은 손을 조용히 내리며 물었다.

"그래서 어쩔 생각이오?"

붉은 눈동자에 묘한 웃음이 떠올랐다.

"아이야, 내가 어떻게 할 거 같으냐?"

장한명은 시큰둥하게 말했다.

"난들 알겠소."

"이 여자를 살리고 싶으냐?"

"생각이 바뀌었소."

"생각이 바뀌었다?"

붉은 눈동자는 장한명의 돌변한 태도에 호기심이 발동한

듯 눈빛을 빛냈다.

붉은 눈동자를 당장에라도 박살 낼 기세였던 장한명은 여전히 시큰둥했다.

장한명은 신궁화의 목 중심에 걸려 있는 붉은 눈동자를 지그시 응시하며 말했다.

"죽일 생각이었다면 벌써 죽였을 테지. 내 생각엔 야주를 죽일 생각이 당신에겐 없는 것 같소만."

붉은 눈동자에 가벼운 이채가 떠올랐다.

"확신하는가?"

"확신하오."

"그 확신이 빗나간 것이라면 자넨 평생을 후회 속에서 살게 되지 않겠나?"

"빗나갈 리가 없소."

장한명은 빙그레 웃어 보였다.

붉은 눈동자에 문득 살기가 떠올랐다.

"후회하지 않겠나?"

그 살기는 신궁화의 목을 중심으로 진하게 주변으로 퍼져 나갔다.

그 모습을 보면서도 장한명은 태연했다.

"세상에 자기 딸을 죽이는 비정한 아비가 있을까? 있다면 난 평생 후회하면서 살게 될지도 모르지."

순간 붉은 눈동자는 흠칫했다.

신궁화의 얼굴에 희미한 미소가 떠올랐다.

붉은 눈동자는 다시 평온함을 되찾았다.

"내가 누구인지 짐작을 한 모양이로군."

이 물음에 장한명은 피식 웃었다.

"이젠 세상 돌아가는 것을 대충 알 것도 같소. 세상이 보이니 당신이 보이는 건 당연한 거고 말이오."

"그래, 내가 누구인 것 같은가?"

"신궁화를 딸로 둔 사람은 신궁풍밖에 더 있겠소? 아, 한 사람 더 있군."

"한 사람이 더?"

"천뇌원주 사마량……."

"푸핫하하……."

주변을 쩌렁하게 울리는 광소가 터져 나왔다. 내공이 약한 사람이라면 그 자리에서 피를 토하고 쓰러질 만큼 광소는 파괴적이었지만, 장한명과 신궁화는 태연했다.

장한명은 스스로의 내공을 끌어내 신궁화가 광소에 피해를 당하지 않도록 주변에 방어막을 치는 것에도 소홀하지 않았다.

내공이 약한 신궁화가 태연할 수 있던 것은 바로 그 방어막 덕분이었던 것이다.

광소는 한참을 계속된 후에야 멈추었다.

주변이 무덤과 같은 적막에 휩싸이는 순간, 붉은 눈동자는 서서히 변하기 시작했다.

붉은 눈동자는 붉은 안개가 되나 싶더니, 이내 사람의 형상으로 서서히 변하기 시작했다.

그리고 마침내 한 사람의 모습으로 변했다. 그는 바로 천뇌원주 사마량이었다.

장한명은 고개를 끄덕였다.

"역시 당신이었군."

천뇌원주 사마량의 온화한 얼굴에 부드러운 미소가 흘렀다. 그가 가공할 살기를 뿜어내던 붉은 눈동자였다는 사실이 믿기지 않을 정도였다.

"아주 바보는 아니로군. 내가 누구인지 알아챈 것을 보면 말이지."

장한명은 미간을 살짝 찌푸렸다.

"그 말은 당신이 누구인지 알아채기 전까진 날 바보로 생각하고 있었다는 뜻이로군."

천뇌원주 사마량은 빙그레 웃었다.

"한때는 그랬었지. 노부뿐만이 아니라 너를 알고 있는 모든 사람들이 널 바보로 생각했었지. 한 사람을 빼곤 말이지."

"북천신유……."

"그래, 북천신유 그 어르신만이 유일하게 너의 숨은 가치를 찾아내고 너를 통해 나의 가슴에 비수를 박으려 하신 분이시다. 물론 그분의 생각대로 세상이 돌아가진 않겠지만……."

침묵하던 신궁화가 나섰다.

"그분의 생각대로 세상은 돌아가게 될 것입니다. 지금까지 그래 왔듯이……."

천뇌원주 사마량은 희미하게 웃었다.

"지금까지는 그분의 생각이 내 생각이기도 했다. 내 생각대로 내 뜻대로 세상은 울고 웃었다는 얘기이다."

신궁화는 고개를 저었다.

"무엇을 이루셨습니까? 당신께선 이룬 것이 아무것도 없지 않습니까?"

이 말에 천뇌원주 사마량의 얼굴은 굳어졌다.

신궁화의 말은 조용히 이어졌다.

"마교의 부활을 당신께서 이룬 것이라 할 수 있겠는지요? 신무학 백팔번뇌의 창조로 반천구마신을 탄생시킨 것을 이루었다 할 수 있는지요? 결국 당신께선 백의성군 진유성의 밥상을 차린 것 외엔 한 일이 없지 않습니까?"

"밥상이라……."

천뇌원주 사마량의 얼굴에서 핏기가 사라졌다.

신궁화는 탄식했다.

"당신께선 신궁이라는 성을 버리지 말았어야 했습니다. 당신께선 가지 말아야 할 길을 가고 만 것입니다. 그랬다면 반천구마신 같은 괴물을 만들어내지 않았을 테니까요. 반천구

마신이 백의성군 진유성의 살인무기로 전락된 이상 당신은
그저 검날에 맺힌 이슬일 뿐입니다."

천뇌원주 사마량은 다시 온화한 웃음을 되찾았다.

"후후… 넌 아비를 너무 과소평가하는구나."

신궁화의 얼굴이 싸늘히 굳어졌다.

"당신께서 신궁이라는 성을 버린 순간 당신과 나의 인연은
끝난 것입니다. 당신께서 이 신궁화의 아버지가 될 수는 없습
니다."

"그렇다면 우린 어떤 사이인 것이냐?"

"백의성군 진유성을 공동의 적으로 두고 있는 이상 우린
함께 길을 걸어가는 동반자일 수도 있겠으나, 백의성군 진유
성이 제거가 되는 순간 우린 적일 수밖에 없습니다."

"적이라… 끔찍한 말이로군."

"결국 당신은 당신이 원하던 길을 가게 될 것입니다."

"내가 원하는 길이라면?"

"천상천하 유아독존! 세상엔 오로지 당신밖에 남지 않을
것입니다. 친구도 자식도 없는……."

천뇌원주 사마량은 씁쓸하게 웃었다.

"너는 정말 나를 이해 못하는구나."

신궁화의 음성은 차갑게 가라앉았다.

"할아버지께서 당신을 이해 못하셨듯이 나 또한 그렇습니
다. 당신께서 그토록 가지고 싶어하는 것이 천하무림이고, 천

하제일인이라는 명예이지만, 운이 좋아 당신께서 그것을 얻는다 해도 당신은 그 대가로 더 많은 것을 잃게 될 것입니다. 그땐 뼈저리게 후회해도 소용없는 일이지만……."

이 말을 끝으로 신궁화는 돌아섰다.

장한명은 그런 신궁화와 천뇌원주 사마량을 바라보며 고개를 갸웃했다.

"한 가지만 물어봅시다."

신궁화는 걸음을 멈추었고, 천뇌원주 사마량의 시선은 조용히 장한명에게 향했다.

장한명은 그런 두 사람을 번갈아 주시하며 물었다.

"당신들 두 사람은 정말 바보 아니오?"

이 말에 신궁화와 천뇌원주 사마량은 갸웃했다.

장한명은 코끝을 찡긋하며 말을 이었다.

"가야 할 길이 아니라면 이쯤에서 손을 털고 돌아서면 되는 게 아니겠소."

"손을 털어?"

천뇌원주 사마량은 살짝 미간을 찌푸렸다.

장한명은 시선을 천뇌원주 사마량에게 옮기며 고개를 끄덕여 보였다.

"그렇소. 간단한 일 아니오? 나 같으면 천하제일인을 꿈꾸기보다는 하나뿐인 딸자식을 챙기겠소. 욕심을 버리면 당신은 평생을 딸하고 행복하게 지낼 수 있는 게 아니겠소? 지금이라도 손을 털고 무림을 떠나는 게 어떻겠소?"

"허허……"

천뇌원주 사마량은 허탈하게 웃었다.

장한명의 말을 듣고 보니 행복은 멀리 있는 것이 아니었다.

이 자리에서 손을 털고 신궁화와 함께 신궁세가로 돌아간다면 손자들을 보며 노년을 즐겁게 보낼 수도 있을 것 같았다.

그러나 장한명의 말처럼 그리 간단히 정리될 문제가 아니었다.

"너라면 그리 간단히 무림을 정리하고 떠날 수 있겠느냐?"

천뇌원주 사마량은 대답 대신에 넌지시 물었다.

장한명은 간단히 고개를 끄덕였다.

"물론이오. 나라면 간단히 떠날 수 있을……"

그러나 장한명의 말은 여기에서 멈추었다.

해결해야 할 문제가 남아 있었다. 반천구마신을 제거하는 일은 친구들과의 약속이었다.

친구들과의 약속을 외면하고 무림을 떠날 수는 없는 일이 아닌가.

게다가 반천구마신을 제거해야 화운을 구해낼 수가 있다.

화운을 두고는 더더욱 무림을 떠날 수는 없는 일이다.

장한명의 표정을 살피던 천뇌원주 사마량은 의미심장하게 웃었다.

"세상일이란 생각처럼 간단한 것이 아니란다, 아이야. 네가 무림을 쉽게 떠날 수 없는 것처럼 한 번 발을 들여놓은 무림을 떠나기란 결코 쉬운 일은 아니다."

장한명은 고개를 갸웃했다.

"당신에게도 떠나지 못하는 이유가 있다는 말이오?"

장한명의 이 물음에 천뇌원주 사마량은 한동안 침묵했다.

먼 산을 바라보는 천뇌원주 사마량의 눈에 고뇌가 떠올라 있었지만, 장한명이 그 고뇌까지 읽어낼 수는 없었다.

한참의 침묵이 끝난 후 천뇌원주 사마량의 입에서 흘러나온 말은 장한명의 질문에 대한 답은 아니었다.

"네가 진화를 거듭하여 너의 능력이 마침내 인간이 이룰 수 없는 경지에 도달한 것은 사실이지만, 그렇다고 네가 반천구마신을 상대로 반드시 승리한다는 보장은 없다. 일대일로 그들 가운데 한 명을 상대한다면 네가 승리할 가능성이 많겠지만, 그들 모두를 상대로는 오히려 네가 당할 가능성이 있다."

장한명은 고개를 끄덕였다.

"인정하오. 그들 또한 신무학 백팔번뇌를 극성으로 연성했으니……."

"극성으로 연성했다고 해도 너와는 다르다. 넌 역혈지체이므로 같은 신무학 백팔번뇌를 연성했다고 해도 너의 성취도는 그들과는 판이하다는 뜻이다. 다시 말해 너와 반천구마신은 서로 상극의 무공을 지닌 셈이다. 그것이 충돌하는 경우 어느 쪽이 승리할지는 신도 모를 일이다."

"당신은 내가 패하기를 바라진 않을 텐데……."

"솔직히 말하겠다. 만에 하나 내가 패하면 난 모든 것을 잃는다. 세상은 또다시 백의성군 진유성의 것이 되겠지."

"내가 승리를 한다면 세상은 당신의 것이 되는 거요?"

이 질문에 천뇌원주 사마량은 묘하게 웃었다.

"지금은 그걸 따질 때가 아니다. 세상이 누구의 것이 되든 반천구마신은 반드시 제거되어야 할 대상이다. 그들이 제거되기까지 우린 힘을 하나로 모아야 한다."

신궁화가 침묵을 깨고 입을 열었다.

"반천구마신을 제거하기 위해선 두 가지가 선행되어야 합니다. 첫째는 그들이 머물고 있는 장소를 정확히 알아야 하고, 둘째는 그들 아홉이 개인 행동을 하도록 어떤 식으로든 유인해 내야 하는 일입니다."

천뇌원주 사마량은 고개를 끄덕였다.

"그들이 머물고 있을 장소는 내가 찾는다."

신궁화는 살짝 미간을 찌푸렸다.

"그래 주신다면 다음은 제가 그들을 유인하지요."

장한명이 나섰다.

"유인하면 내가 나서서 그들을 제거해야 하는 것이고……."

천뇌원주 사마량의 표정은 밝아졌다.

"그렇다면 얘기는 끝난 셈이로군."

"그러므로 우리가 함께 이곳에 있어야 할 이유는 없는 셈이죠."

이 말을 끝으로 신궁화는 냉정히 돌아서서 걸어갔다.

장한명은 천뇌원주 사마량을 바라보다가 신궁화의 뒤를 따라 걸음을 옮겨갔고, 천뇌원주 사마량은 복잡한 눈빛으로 신궁화의 뒷모습을 살피다가 이내 붉은 눈동자로 변하더니 꺼져 버렸다.

2

신궁화와 장한명이 절강성 송양(松陽)의 한 작은 객점을 찾은 건 그로부터 며칠 후였다.

저녁 식사 시간이 되었음에도 불구하고 객점은 의외로 한산한 편이었다.

신궁화와 장한명이 객점에 들어서고 난 얼마 후 객점은 갑자기 바빠졌다.

정확히 열네 명의 소녀와 청년들이 차례로 객점에 나타난 것이다.

그들은 십사야였고. 신궁화를 포함하면 십오야 모두가 객점에 모인 것이다.

십사야의 모습엔 피로가 가득했다.

역천신마로 활동한 그들에겐 매 순간이 지옥이었을 것이다.

장한명은 수척한 그들을 보며 슬그머니 미안한 생각이 들었는지 머리를 긁적였다.

"이젠 그만들 하셔도 될 텐데……."

남궁소소가 갸웃했다.

"뭘 그만두라는 것인지요?"

장한명은 간단히 대답했다.

"역천신마……."

남궁소소는 고개를 끄덕였다.

"그건 이미 그만두었습니다."

"아……."

"더 이상 계속할 의미가 없어졌기 때문입니다."

"어째서?"

장한명은 갸웃했다.

여전히 순박해 보이는 소웅이 활짝 웃으며 남궁소소를 대신하여 대답을 했다.

"소림백팔나한대승이 역천신마에게 개죽음을 당했다는 소문이 나돌면서 역천신마를 쫓는 쥐새끼들이 순식간에 사라져 버렸습지요. 헤헤……."

장한명은 흠칫했다.

‘소림백팔나한대승을 내가……? 그것참…….’

내심 곤혹스러움에 휩싸인 장한명은 시선을 태연한 신궁화에게 옮겼다.

“알고 계셨소?”

신궁화는 피식 웃었다.

“아마 장 공자만 모르고 계셨을 걸요.”

장한명은 쓰게 웃었다.

“쩝… 갑자기 바보가 된 느낌이로군.”

신궁화는 위로하듯 말했다.

“알아봐야 도움되는 것은 아니라서 말씀을 드리지 않았습니다.”

“누구의 짓인 거요?”

“생각해 보세요, 소림백팔나한대승을 단신으로 제거할 만한 능력이 있는 사람이 누구일지.”

신궁화의 이 말에 장한명의 안색은 급변했다.

“반천구마신?”

“그렇습니다. 바로 그들 가운데 한 명이겠지요.”

“그들이 내 역할을 대신한 것은 날 역천신마로 만든 것과 같은 맥락이겠군요.”

“하지만 그들은 역천신마를 너무 높이는 우를 범한 셈이지요. 소림백팔나한대승이 제거됨과 동시에 천하무림인들은 역천신마가 인간 한계를 벗어난 마물임을 다시 한 번 확인한 셈이 되었으니까요."

"어마어마한 현상금을 포기할 정도로 말이오?"

"현상금과 목숨을 바꿀 어리석은 인간은 없습니다."

"그렇다면 한동안 자유로워지겠군."

장한명의 이 말에 신궁화는 고개를 저었다.

"아직은 아닙니다. 장 공자께서 반천구마신을 제거해야 자유를 찾을 수 있게 될 겁니다."

"결국 반천구마신이 문제로군."

장한명에게 반천구마신은 어떤 식으로든 떨쳐 내야 하는 짐인 셈이다.

신궁화는 탄식했다.

"어쩌면 무림의 난세는 지금부터 시작인지도 모릅니다. 결국 장 공자와 반천구마신의 대결로 난세의 방향이 결정될 테니 그것이 정해진 무림의 운명이기도 하지요."

이어 신궁화는 공손한 자세로 서 있는 십사야를 향해 몸을 돌렸다.

그녀는 십사야 한 사람 한 사람을 부드러운 눈빛으로 쓸어내리며 조용히 입을 열었다.

"그동안 모두 수고 많으셨습니다."

신궁화는 고개 숙여 정중히 고마움을 표시했다.

십사야는 늘 엄하기만 했던 신궁화의 태도에 의아함을 느꼈지만 신궁화의 다음 말이 그들의 입을 막았다.

"여러분을 이곳으로 초대한 것은 다름이 아니라 이제 십오야의 할 일이 끝났다고 생각했기 때문입니다. 오늘부로 십오야를 해체할까 합니다. 아니, 해체합니다."

"……!"

신궁화의 말에 충격을 받은 건 비단 십사야뿐만이 아니었다.

장한명 역시 충격을 받았다.

"해체?"

장한명은 고개를 갸웃했다.

"굳이 해체까지야……."

"해체입니다."

신궁화의 태도는 단호했다.

그리고 그녀의 결단에 감히 반기를 드는 사람은 없었다.

"말씀드렸듯이 이제 십오야가 할 일은 없습니다. 무림의 운명은 장 공자와 반천구마신의 대결로 결정이 될 테니 소속 문파로 복귀하여 그동안 지친 몸을 충전하며 훗날을 도모하는 것이 본인들에게도 득이 되겠지요. 분명한 건 십오야가 사라진다고 해도 달라지는 건 없다는 것입니다. 무림은 여전히 건재할 것이고, 난세로든 평화로든 잘 흘러갈 것입니다."

늘 웃음을 잃지 않던 엽개의 얼굴에 웃음이 사라졌다.

엽개는 정색을 하고 공손히 허리를 굽혔다.

"명을 받들겠습니다. 그리고 기다리겠습니다, 다시 부르실

그날을."

　신궁화는 표정이 어두워졌다.

　"다시 부를 일이 없어야겠지요. 다시 부를 일이 생긴다면 무림은 지옥으로 변해 있을 테니까요."

　장한명의 마음은 무거워졌다.

　'그때가 되면 난 이 땅에 존재하지 않을 테지.'

　반천구마신을 상대로 장한명이 패하는 날엔 장한명의 존재는 당연히 사라질 테지만, 무림 정의 역시 영원히 사라지게 될지도 모른다.

　어쨌든 한때 무림 정의를 등에 업고 대륙천하를 종횡하던 십오야는 이렇게 하여 간단히 해체가 되었다.

　차 한 잔씩을 마시는 둥 마는 둥 하고는 십사야는 각자의 소속 문파로 복귀하기 위해 서둘러 객점을 떠났다.

　아쉬움이야 왜 없겠느냐마는 그들에겐 신궁화의 말 한마디는 추상과 같았다.

　이제 남은 사람은 신궁화와 장한명뿐이었다.

　두 사람은 말없이 앞에 놓인 음식만을 먹을 뿐 꽤 오랫동안 침묵으로 일관했다.

　문든 장한명이 음식을 집어가던 동작을 멈추며 침묵을 깨고 입을 열었다.

　"내가 제거해야 할 대상이 반천구마신이지만, 반천구마신에게도 난 제거 대상일 거란 생각이 드오. 그러므로 내가 그들을 찾지 않아도 그들이 날 찾을 것 같은데… 내 생각이 틀린 거요, 야주?”

신궁화는 젓가락을 놓으며 흰 천으로 입가를 조심스럽게 닦아내며 말했다.

“틀릴 리가 있겠습니까? 백의성군 진유성에겐 공자는 눈엣가시와 같은 존재입니다. 공자가 그를 다시 찾기 전에 반천구 마신을 내세워 공자를 먼저 제거하려 들 것임은 불을 보듯 뻔합니다. 이미 세상에서 가장 강한 살인무기 아홉이 공자를 제거하려 움직였을지도 모릅니다.”

장한명은 고개를 끄덕였다.

“그렇다면 내가 그들을 찾을 필요 없이 얌전히 기다리면 되겠군.”

신궁화는 천천히 몸을 일으켰다.

“그들 아홉을 동시에 상대할 자신이 있으시다면 그리하셔도 무방합니다. 그게 아니라면 공자께서 그들을 먼저 치셔야 합니다. 물론 그전에 그들 아홉이 뿔뿔이 흩어져 있어야 하겠지만.”

3

장한명과 신궁화는 객점을 나와 호젓한 산로를 따라 나란히 걸었다.

“어떤 식으로 그들을 뿔뿔이 흩어지게 하실는지?”

신궁화는 빙그레 웃었다.

“걱정되나요?”

“걱정이 아니라 궁금해서……”

“간단합니다.”

신궁화는 품에서 피리를 꺼내 들었다.

장한명은 눈빛을 빛냈다.

“마적?”

신궁화는 고개를 저었다.

“마적은 아닙니다. 평범한 피리에 불과할 뿐입니다.”

“그러니까 그 피리로?”

“백의성군 진유성의 피리 소리를 교란시켜 볼 생각입니다.”

“가능하겠소?”

“본래 이 피리로 내는 천향섭혼음(天香攝魂音)은 우리 신궁세가의 것입니다.”

“아……”

장한명은 탄성을 발했다. 자신이 지난 이 년 동안 들었던 마적의 소리가 신궁세가의 것일 줄은 생각조차도 못했던 일이었다.

신궁화는 피리를 조용히 입에 물고 불기 시작했다.

삘리리…….

피리 소리는 그리 크게 들리지는 않았지만, 마치 오색의 물감이 주변 산 구석구석으로 번지듯 청아하게 퍼져 나갔다.

그리고 조금 후 산짐승, 날짐승, 들짐승들이 취한 듯 신궁화의 주변으로 몰려들기 시작했다.

장한명은 이런 장면을 백의성군 진유성을 통해 본 적이 있었다.

다시 봐도 장한명으로서는 신기할 따름이었다.

신궁화는 피리를 입술에서 떼며 자신의 어깨에 내려앉아 있는 이름 모를 새의 깃털을 조용히 쓰다듬었다.

"오래전 신궁세가의 선조 가운데 한 분이 자연과의 소통을 위해 바로 천향섭혼음을 창안하셨지요. 순수한 마음으로 창안이 되었을 천향섭혼음이 백의성군 진유성에게 전수되었고, 덕분에 백의성군 진유성은 세상에서 가장 강한 살인무기 아홉을 다스리게 된 것이지요."

"천향섭혼음이 없었다면 백의성군 진유성이 반천구마신을 다스릴 재간이 없었을 텐데… 그걸 전수한 이유는?"

"애초의 약속 때문이지요, 최초의 성과물을 백의성군 진유성에게 넘긴다는."

"약속은 천뇌원주 사마량이 했으니 야주와는 상관없는 일이 아니오."

"물론입니다."

"그렇다면 야주께서 백의성군 진유성에게서 반천구마신을

빼앗으면 간단하게 해결되는 일 아니오?"

"그게 그리 말처럼 쉬운 일이 아닙니다."

신궁화는 곱게 웃었다.

장한명은 갸웃했다.

"어째서 어렵다는 건지?"

"천향섭혼음이라는 뿌리만 같을 뿐이지, 백의성군 진유성이 구사하는 천향섭혼음은 제가 구사하는 천향섭혼음과는 줄기와 가지가 다릅니다. 변형이 된 것이지요. 그러므로 저의 천향섭혼음으로 반천구마신을 제압하기에는 한계가 있습니다."

"전혀 먹히지 않는다는 거요?"

장한명의 말에 신궁화는 신비롭게 웃었다.

"어쩌면 잠시 동안은 백의성군 진유성의 천향섭혼음을 교란시킬 수 있을지도 모르겠습니다. 교란을 시킬 수 있다면 반천구마신은 실 끊어진 연과 같은 상태에 놓일 것입니다."

"아……."

"그리만 된다면 백의성군 진유성이 반천구마신을 제어할 수가 없게 되는 것이지요."

"제어가 불가능하다면?"

"더 이상 그가 반천구마신의 주인이 될 수가 없는 것이지요."

"반천구마신으로선 자유를 찾는 셈이로군요."

"우리에겐 그때가 기회입니다."

"문제는 시간이겠군요. 얼마 동안이나 그들을 교란시킬 수 있을까요?"

"그건 저로서도 장담할 수가 없습니다."

"그것참, 야주께서도 모르는 게 있었네."

신궁화는 피식 웃었다.

"모르는 거 투성이입니다. 모르는 게 없다면 그건 인간이 아니라 신이겠지요. 어쨌든 교란이 되면 잠시 동안이라도 반천구마신은 뿔뿔이 흩어지게 될 것입니다. 극심한 혼란에 빠지게 될 테니까요."

"음……."

장한명은 침음했다.

반천구마신이 백의성군 진유성에게 제어를 받지 않는 시간이 얼마 동안이 될지 모른다면 그들이 뿔뿔이 흩어진다 해도 상대하기란 쉽지 않다.

물론 그들 중 한두 명을 상대하게 되겠지만, 그들이 다시 백의성군 진유성의 제어를 받게 된다면 그들 아홉을 동시에 상대하는 최악의 상태에 놓이게 될 것이다.

장한명은 물었다.

"다른 방법은 없는 거요?"

신궁화는 노을 빛에 물든 채 산로를 따라 걸으며 말했다.

"현재로선 다른 방법은 없습니다."

장한명은 신궁화의 뒷모습에 시선을 둔 채로 말했다.

"그들의 마성을 잠재울 방법도 없는 거요?"

신궁화는 걸음을 멈추고는 잠시 생각하다가 입을 열었다.

"그런 방법이 있었다면 지금 반천구마신이라는 존재는 있지도 않았을 겁니다."

"그렇다면 그들을 제거하는 수밖에 달리 길이 없겠군."

"그 편이 편할 겁니다."

"따지고 보면 그들도 피해자일 뿐인데……."

"그들이 마성을 원했던 것은 아니니 피해자가 분명합니다."

"그러니 마성을 제거할 수만 있다면 예전의 그들로 돌아갈 수가 있는 게 아니겠소?"

"한 가지 방법이 있긴 하지만, 그들 아홉이 원하는 방법은 아닐 듯싶습니다."

장한명은 눈빛을 빛냈다.

"어떤 방법?"

신궁화의 안색이 어두워졌다.

"그들의 무공을 폐지시킬 수만 있다면 그들은 신무학 백팔번뇌를 연성하기 이전으로 돌아갈 것입니다."

"아……."

"목숨은 구하는 셈이지만 평생을 무림인이 아닌 보통 사람으로 살아가야 할 것입니다. 무인에겐 무공 폐지는 죽음보다

더한 형벌입니다. 그러니 그것도 그들에겐 참을 수 없는 고통
이 되겠지요."

"그렇다고 해도 난 그쪽을 택하겠소."

"무공 폐지 쪽을 말인가요?"

"그렇소."

"좋은 생각이긴 해도, 그 작업은 그들을 제거하는 것보다
몇 배 힘든 일입니다. 그들이 순순히 그것을 원할 리가 없기
때문이지요. 죄수를 살해하는 것보다 생포하기가 더 어려운
법입니다."

"그래도 해보겠소."

"공자의 목숨을 버릴 각오를 하셔야 할 겁니다."

"어차피 이미 한 번은 죽은 목숨이었소."

장한명의 태도는 비장하게 느껴지기까지 했다.

신궁화는 장한명의 고집을 꺾을 수 없음을 알고는 길게 탄
식했다.

"하긴… 반천구마신을 혈혈단신으로 상대하겠다는 것부터
가 목숨을 도외시하는 짓이나 다를 바가 없으니……."

신궁화는 산등성을 따라 펼쳐진 노을을 두 눈에 담았다.

두 눈에 담겨진 노을빛이 더욱 붉게 느껴졌다.

4

신궁화와 장한명은 북쪽으로 방향을 잡아 계속 걸었다.

걷는 속도는 결코 빠르지 않았고, 마치 유람이라도 하고 있는 듯 보였다.

나흘의 시간이 흘렀을 즈음엔 절강성의 북쪽에 이르렀고, 절강성을 넘어 강소성에 이른 후에 다시 사흘의 시간을 보냈다.

소주(蘇州)에 이르러서야 신궁화는 비로소 긴 여정을 끝내려는 듯 더 이상 움직일 생각을 하지 않았다.

소주의 한 객점에서 이틀의 시간을 더 보냈다.

그동안 신궁화는 무림에 대한 얘기를 일체 하지 않았다.

그저 일상적인 일과 자신의 어린 시절을 언급했을 뿐이었다.

어린 시절 그녀의 조부인 북천신유와 함께 즐거운 시간을 보냈던 얘기가 대부분을 차지했다.

그녀에게 북천신유는 그야말로 어린 시절의 우상이며 신이었다.

그러므로 북천신유와 함께 보낸 시간은 그녀에겐 추억 이상의 의미가 있는 듯 보였다.

그녀는 북천신유와 어린 시절 추억을 말할 때는 표정이 달라졌다.

평소와는 달리 수다스럽게 얘기를 했으며 행복해했다.

소주까지 이르는 동안 무림에 관한 언급을 피했던 것은 의

도한 바는 아니었지만, 마치 두 사람은 사전에 약속이라도 한 듯 반천구마신에 대한 얘기도, 마교에 대한 얘기도, 백의성군 진유성에 대한 얘기도 일체 언급하지 않았다.

시간이 지나면서 장한명에겐 한 가지 의문이 들었다.

마치 정해진 길을 따라 움직이듯 한차례의 망설임도 없이 이곳 강소성의 소주까지 이른 신궁화의 행동은 행동만 있었을 뿐 소주로 와야 하는 이유에 대한 설명은 빠져 있었다.

소주에 이틀 동안 머물면서도 여전히 신궁화는 그 설명을 하지 않았다.

결국 장한명이 참지 못하고 물을 수밖에 없었다.

신궁화와 함께 저녁노을이 곱게 물든 태호(太湖)변을 걷고 있을 무렵이었다.

"이곳 태호에 유람 차 온 것은 아닐 테지요, 야주?"

신궁화는 앞서 걷고 있다가 걸음을 멈추며 빙그레 웃었다.

천천히 장한명을 향해 몸을 돌린 그녀는 웃음을 지우지 않은 채 말했다.

"좀 더 일찍 물을 줄 알았더니 오래 참으셨네요."

장한명은 신중하게 다시 질문했다.

"제 짐작대로 유람 차 온 것은 아니로군요?"

신궁화는 고개를 끄덕였다.

"물론입니다. 지금 그럴 여유가 우리에게 있을 턱이 없지요."

신궁화는 흘러내린 머리카락을 모아 위로 틀어 올리며 잠시 사이를 두었다가 다시 말했다.

"우린 반천구마신의 행적을 따라 이곳까지 오게 된 것입니다, 공자."

"야주에겐 그들의 행적이 보였단 말이오? 하긴 미래를 보는 예지력이 있으시니……."

"그럴 리가 있나요."

신궁화는 신비롭게 웃었다.

"저의 예지력은 보잘것없습니다. 할아버지에 비하면 그야말로 조족지혈이지요."

"겸손……."

"사실이 그렇습니다. 신으로부터 예지력이라는 복된 선물을 받긴 했지만, 모든 것을 다 볼 수 있는 것은 아닙니다. 세상사를 다 볼 수 있다면 그건 인간이 아니라 신이겠지요."

"예지력이 아니라면 반천구마신의 행적을 어찌 볼 수 있었던 것인지……?"

"반천구마신의 행적은 그분이 제공하신 것이지요."

"그분이라면?"

"천뇌원주 사마량입니다."

"아……."

장한명은 나직이 탄성을 발했다.

하지만 의문은 여전했다.

"그동안 그분께서 반천구마신에 대한 정보를 주셨다는 말씀이신지요?"

"그렇습니다."

"이해가 안 되는군요. 우린 줄곧 행동을 함께해 왔는데 잠든 시간만 빼놓고는……."

여기까지 말을 하던 장한명은 흠칫했다.

"혹시 내가 잠든 시간에?"

신궁화는 고개를 끄덕이는 것으로 대답을 대신했다.

그동안 품고 있었던 장한명의 의문이 마침내 풀리는 순간이었다.

"그렇다면 반천구마신이 소주에 있다는 거요?"

"현재까지의 정보로는 그렇습니다."

"백의성군 진유성이 반천구마신과 함께 소주로 온 목적에 대해선 얻은 정보가 있으신지?"

"앞으로 닷새 후 이곳 소주의 만평대(萬坪臺)에서 무림대회가 있습니다. 물론 주최자는 백의성군 진유성과 천의맹입니다."

"백의성군 진유성이 무림대회를?"

"그렇습니다. 닷새 후엔 이곳 소주 일대는 천하에서 몰려드는 무림인들로 발을 디딜 틈조차 없을 만큼 인산인해를 이룰 것입니다."

장한명은 고개를 갸웃했다.

"오랜 시간 동안 칩거를 해왔던 백의성군 진유성이 갑자기 무림대회를 개최하는 이유가 뭘까요?”

신궁화는 태호가 환히 내려다보이는 한 채의 아담한 정자로 올라섰다.

신궁화는 노을에 붉게 물든 잔잔한 호수를 바라보며 말을 이어갔다.

“현재 천하무림은 마교에 의해 지배되고 있습니다. 표면상은 그렇습니다.”

“백의성군 진유성의 지시로 천뇌원주 사마량이 마교를 부활시켰다는 사실을 모르고서야 그렇게 생각할 수밖에 없지 않겠소.”

“그렇습니다. 이제 그것을 제대로 바로잡겠다는 백의성군 진유성의 생각이겠지요.”

“제대로 바로잡는다? 그래서 무림대회를 구상한 것이고?”

“다시 한 번 천하무림의 영웅으로 등장하겠다는 계산인 것이지요. 무림대회를 기점으로 자신의 존재와 천의맹의 존재를 부각시키고, 그리고 나면 마교를 제거하는 움직임을 보일 것입니다.”

“굳이 그렇게까지 할 필요가 있는지요? 천뇌원주 사마량과 그를 따르는 몇몇 무리만 제거하면 간단한 일일 텐데요.”

“후후. 순진한 생각입니다. 그렇게도 할 수 있겠지만, 그건 싱거운 일이지요. 백의성군 진유성은 세상이 떠들썩하게 잔치를 벌이고 싶은 겁니다.”

“잔치…….”

“제대로 연극을 하고 싶은 것이지요. 정파무림인들을 규합하여 마교를 공격하되 전과 같은 전철을 밟지는 않을 것입니다.”

“전과 같은 전철이라면?”

“백의성군 진유성은 십여 년 전엔 불과 한 달이라는 짧은 시간에 마교를 함몰시켰습니다. 덕분에 난세의 영웅이라는 위대한 칭호를 얻긴 했지만, 이번엔 다를 겁니다. 난세를 오랫동안 즐기려 할 것입니다. 마교를 함몰시키는 데 아마도 몇 년의 시간을 투자할지도 모릅니다. 마교가 위기다 싶으면 암중 마교를 도울 것이고, 정파무림이 위기다 싶으면 암중 정파무림에 힘을 보태기도 할 것입니다.”

“그래서 백의성군 진유성이 얻는 것은?”

“어쩌면 그는 이번엔 악역을 맡고 싶어하는지도 모릅니다. 난세의 영웅이 아니라 난세의 마웅이 되고 싶은 겁니다.”

“그렇게 해서 자신을 비난한 무림인들을 향한 복수를 하겠다는 속셈이로군요.”

“무서운 생각이지요. 천하무림인들은 그런 백의성군 진유성에게 잔인하게 농락당하는 것이고…….”

“재미있겠군요.”

“천하무림인들은 지옥을 보게 될 겁니다. 절대 재미있을 수가 없는 일이지요.”

“그건 천하무림인들이 자초한 일이 아니겠소?”

“그렇다 해도 지옥을 보게 해서는 안 됩니다. 수많은 무림인들이 참혹하게 희생될 것입니다. 무림은 시산혈해를 이루게 될 것이며 산천초목은 온통 무림인들의 피로 물들게 될 것입니다. 그건 북천신유 그분께서 바라는 바가 아니셨습니다.”

“그전에 반천구마신이 제거되면 어떻게 되는 거요?”

“십 년 전엔 백의성군 진유성의 곁엔 북천신유 그분이 계셨습니다. 지금은 북천신유 대신에 반천구마신이 있는 셈이지요. 북천신유가 없는 백의성군 진유성은 평범한 일파 종사에 불과할 뿐입니다. 마찬가지로 반천구마신이 없는 백의성군 진유성은 일파 종사일 뿐 난세의 영웅은 될 수 없는 인물입니다. 그러므로 반천구마신이 제거된다면 백의성군 진유성은 천뇌원주 사마량을 상대로 결코 이길 수가 없게 될 것입니다.”

“그렇다면 무림대회에 앞서 반천구마신을 제거한다면 무림대회는 개최의 의미가 없어지겠군요.”

“물론입니다. 무림대회의 성사조차도 장담하기가 어렵겠지요.”

“그렇다면 서두릅시다.”

“풋…….”

신궁화는 가볍게 웃었다.

신궁화의 웃음에 장한명은 의아한 표정을 지어 보였다.

"내가 무슨 실수라도?"

장한명이 머리를 긁적이며 묻자 신궁화는 얼굴에서 웃음을 지우고 고개를 저어 보였다.

"아닙니다."

"그럼 왜?"

"공자의 말씀이 재미있어서 나도 모르게 웃음을 터뜨리고 말았군요."

"재미있는 말을 한 기억이……."

"반천구마신을 제거하는 일을 닭모가지 비트는 일 정도로 쉽게 말씀하시니……."

"아……."

그제야 장한명은 이해가 되는지 고개를 끄덕여 보였다.

날을 어두워지며 노을빛을 거두어내고 있었다.

장한명은 초췌한 화운의 모습을 떠올렸다.

"반천구마신을 제거하는 일이 간단한 일은 아니겠지만, 내가 서두르는 것은 한 가지 이유 때문이오."

"고통을 받는 화운 낭자 때문이겠군요."

"그렇소. 난 무림의 일 따위엔 솔직히 관심이 없소. 누가 무림의 패자로 나서든 그것 역시 관심이 없소. 반천구마신을 제거하여 억울하게 죽임을 당한 일천여 시험자의 복수를 끝내고, 화 전주를 고통에서 구해낼 수만 있다면 미련없이 무림을 떠날 생각이오."

"약속하지요. 공자께서 무림을 떠난다면 소녀 역시 공자를 따라 무림을 떠나겠습니다."

"나를 따라서?"

"후후… 왜 겁이 나나요?"

"그, 그게 아니라……."

"공자께서 화운 낭자를 사랑하고 있다는 거 잘 알고 있습니다. 그러므로 소녀 역시 사랑해 달라고 울며불며 매달릴 생각은 추호도 없습니다. 부디……."

"부디?"

"공자 곁에서 밀쳐 내지만 말아주세요. 소녀가 알아서 공자 곁을 떠날 때까지는 말입니다."

장한명은 당황했다.

천하의 신궁화가 자신의 곁에 머물겠다는 말을 할 줄은 몰랐던 것이다.

신궁화의 얼굴에 은은히 홍조가 떠올랐다.

희미하게 남아 있는 노을빛에 물든 것 같지는 않았다.

"반천구마신을 상대로 반드시 살아남으셔야 합니다. 그래야 소녀가 공자 곁에 머물 수 있게 될 테니까요."

"음……."

"후후, 부담스러우신가요?"

"아니오."

"그런데 어째서 표정이 그리 심각한 것이지요?"

"그건……."

장한명은 말을 멈추고는 태호변을 천천히 둘러보기 시작했다.

"심상치 않은 기운이 느껴지고 있소."

신궁화는 태연했다.

"반천구마신의 기운인가요?"

"그렇소."

"당연히 느껴지실 겁니다. 그들도 소주 일대에 머물고 있을 테니까요."

"먼 거리가 아니오."

장한명은 반천구마신의 기운을 따라 걷기 시작했다.

신궁화는 고개를 저었다.

"아직은 때가 아닙니다."

"그들을 제거하는 데에도 때가 있는 거요?"

"지피지기이면 백전백승이라고 했습니다."

"하지만 내가 그들의 기운을 느끼고 있는 이상, 그들도 내 기운을 이미 느끼고 있을 거요. 내가 움직이지 않으면 그들이 먼저 움직일 거란 얘기요."

"바로 그겁니다."

"무슨 뜻이오?"

"그들이 먼저 움직일 때까지 기다리자는 겁니다."

신궁화는 울창한 숲으로 들어서며 말을 이어갔다.

"기다리므로 인해서 우린 작은 이득 몇 가지를 얻을 수 있습니다. 우선 합공이 용이하지 않는 장소를 선점할 수 있고, 그들을 쉽게 흩뜨려 놓을 수 있는 장소를 잡는 것도 우리의 권리입니다. 움직이지 않으니 힘을 낭비하지 않아도 되고, 그들의 움직임을 우리가 먼저 볼 수 있게 될 테니 선공이 가능해서 그 또한 우리에게 득이 될 것입니다."

"그들이 움직이지 않는다면?"

"애초의 계획대로 우리가 움직여야 되겠지요."

"우리가 먼저 움직인다면 방금 하신 말대로 우리가 그만큼 불리하게 되는 것이 아니겠소?"

"한 가지 득은 있습니다."

"무엇인지?"

"시간 절약입니다."

"결정하겠소, 시간 절약 쪽으로."

"화운 낭자를 위해서라도?"

"그렇소."

"좋아요. 그럼 우리가 먼저 시작하지요."

신궁화의 말이 떨어지기 전에 이미 장한명은 움직였다.

장한명은 신궁화의 손을 잡았고, 손을 잡았다 느껴지는 순간 두 사람은 바람을 갈랐다.

막 정자로 들어서던 유람객 서너 명은 장한명의 신궁화의

모습이 갑자기 꺼져 버리는 장면을 보고는 그저 아연실색할
뿐이었다.

5

　몸을 날리는 장한명은 오감으로 반천구마신의 기운을 더
욱 진하게 느꼈다.
　거리가 그만큼 가까워져 오고 있는 것이다.
　거리가 가까워져 올수록 신궁화는 장한명의 손이 뜨거워
짐을 느꼈다.
　장한명의 피가 들끓어 오르고 있는 것이다.
　손이 잡힌 채 장한명과 나란히 어둠을 찢고 있는 신궁화는
조용히 물었다.
　"긴장이 되나요?"
　장한명은 피식 웃으며 고개를 저었다.
　"진화 이후 마음보다 몸이 늘 먼저 반응을 합니다. 긴장이
느껴지신다면 몸이 이미 반응을 하기 시작한 모양이로군요.
그만큼 반천구마신과의 거리가 가까워졌다는 것을 의미하기
도 하겠군요."
　장한명은 침묵했다.
　그의 오감은 온통 반천구마신에게로 향해 있었기 때문에
더 이상 대화를 할 겨를이 없었다.

쿠우우…….

장한명의 움직임은 더욱 빨라졌다.

보통 사람이라면 장한명의 움직임을 육안으로 볼 수가 없을 정도였다.

그저 눈앞을 스쳐 가는 한 줄기 바람 정도로 느낄 것이다.

태호와 소주의 중간 지역에 광대한 평원이 자리하고 있었다.

평원엔 나무 한 그루도 자라고 있지 않았다.

시야를 가릴 만한 특별한 장애물도 없었다.

그러므로 평원 전체를 살피는 데엔 아주 찰나의 시간이 소요될 뿐이었다.

다른 지역보다 살짝 높은 평원은 마치 잘 만들어진 바둑판과 같았다.

바닥은 키가 낮은 잡초가 푸른 융단처럼 깔려 있었으며, 여기저기엔 방목된 소와 말들이 한가로이 풀을 뜯고 있었다.

"만평대입니다."

주변을 살피던 신궁화가 나직이 속삭였다.

장한명은 고개를 끄덕였다.

"그렇군요. 이곳이 무림대회가 치러질 만평대였군요."

"광활한 초지엔 방목된 소와 말뿐이었습니다. 그런데 잘 보세요. 변화가 있습니다."

신궁화의 설명 이전에 장한명은 그 변화를 느끼고 있었다.

만평대의 복판엔 거대한 목대(木臺)가 세워지고 있었다.

수백 명이 한꺼번에 올라도 될 만큼 목대는 거대했다.

목대는 정말로 나무로 만들어진 바둑판과 같았다.

현재 목대는 공사 중이었으며, 뚝딱거리는 요란한 소리가 밤공기를 찢으며 멀리까지 울려 퍼지고 있었다.

한밤임에도 불구하고 수백 명의 인부가 목대 건설에 열을 올리고 있었던 것이다.

어둠을 밝히는 유등이 여기저기에 설치되어 있었으며, 횃불도 보였다.

멀리서 목대를 살피며 장한명이 입을 열었다.

"음… 바로 저곳에서 무림대회를 할 모양이로군."

신궁화는 조용히 고개를 끄덕였다.

장한명은 다시 말을 이었다.

"저곳에서 반천구마신의 기운이 강하게 뻗어오고 있습니다."

신궁화는 이번에도 가만히 고개를 끄덕일 뿐이었다.

장한명은 수백여 명의 인부를 살폈다.

"저들에게서도 강한 기운이 느껴집니다. 보통의 인부들이 아닌 무림인들로 구성이 된 것 같습니다."

신궁화가 침묵을 깼다.

"저들은 천의맹도들입니다."

“아······.”

“저들에게서 어느 정도의 무위가 느껴지시나요?”

“상승의 무위요.”

“백팔적혈곤수와 비교한다면?”

“결코 떨어지는 무위가 아닙니다.”

“음······.”

신궁화는 침음했다.

“그렇다면 백의성군 진유성도 그동안 준비를 해왔던 것이
맞습니다.”

장한명은 갸웃했다.

“준비라면?”

“천뇌원주 사마랑을 견제하기 위한 살인무기를 반천구마
신 외에도 더 많이 준비하고 있었다는 얘기입니다. 저들이 백
팔적혈곤수 못지않은 무위를 지닌 것이 사실이라면 말입니
다.”

“야주께서 이미 예견하고 있었던 일이 아니오?”

“전에 말씀드렸습니다. 소녀가 모든 것을 예견할 수 있는
것은 아니라고 말입니다. 정말로 간절히 필요한 것을 예견할
뿐입니다.”

신궁화의 말에 장한명은 고개를 끄덕이며 잠시 입을 다물
었다.

반천구마신의 기운이 더욱 강하게 느껴졌기 때문이었다.

신궁화는 속삭이듯 말했다.

"움직이지 마세요. 함정입니다."

장한명은 움직이지 않았다.

그도 이미 이곳이 함정임을 느끼고 있었기 때문이다.

"어쩌면 저 목대는 역천신마를 제거하기 위해 준비된 처형대가 아닌가 싶습니다."

"처형대라……."

"저 처형대 주변 어딘가에 매복해 있을 백의성군 진유성과 반천구마신이 먼저 움직이기 전엔 절대 가까이 접근해서는 안 됩니다. 수백의 인부가 백팔적혈곤수 못지않은 무공을 지니고 있다면 더더욱 그렇습니다. 저곳은 그야말로 완벽하게 준비된 함정이 맞습니다."

신궁화는 조용히 피리를 꺼내 들었다.

"일단 반천구마신을 흩뜨려 놓도록 하겠습니다."

"이 먼 거리에서 가능하겠소?"

"가능합니다."

"좀 더 가까운 거리로 접근하는 게 어떻겠소?"

"괜찮습니다."

신궁화는 다소 긴장한 얼굴로 피리를 입으로 가져갔다.

그런 그녀는 조용히 속삭였다.

"반천구마신이 천향섭혼음에 교란이 되어 혼란에 빠진다면 그들은 사방으로 흩어지게 될 것입니다. 공자께서는 그들

중 한 명을 추적하여 제거하셔야 합니다."

"알겠소."

"그 시간이 얼마나 될지 소녀도 알지는 못합니다. 아주 잠깐이 될지, 길어질지……."

"일단 흩어지게만 만드신다면 그들이 다시 모이기 전에 한 명을 제거하도록 하겠소."

"조심하도록 하세요."

"야주께서도 조심하셔야 할 거요. 백의성군 진유성과 저들 천의맹도들이 야주를 가만히 내버려 두진 않을 테니 말이오."

"천향섭혼음이 통한다면 내 한 몸은 지킬 수 있습니다. 천향섭혼음은 무공은 아니지만, 상대의 정신을 무력화시키는 것에도 대단한 위력을 보이기 때문입니다."

"알겠소."

"그럼 시작합니다."

신궁화는 피리를 불기 전에 어두운 눈빛으로 장한명을 머리에서 발끝까지 훑어 내렸다.

마치 자신의 머릿속에 장한명의 모습을 깊숙이 각인시켜 놓으려는 듯 보였다.

"부디 무사하시길……."

마치 눈물과 같은 이 한마디를 끝으로 신궁화는 피리를 입술로 가져갔다.

삘리리리…….

마침내 피리 소리가 구성지게 울리기 시작했다.

마법의 향기와 같은 피리 소리는 만평대 전체로 퍼져 나가기 시작했다.

장한명은 긴장했다.

피리 소리와 함께 반천구마신의 기운이 요동치기 시작했기 때문이었다.

이것이 최초의 반응이었다.

장한명은 거대한 목대를 샅샅이 살펴 나갔다.

거기에서도 변화가 있었다.

부지런히 움직이던 횃불의 움직임이 약속이라도 한 듯 멈춘 것이다.

그러나 그것은 찰나의 순간에 불과했다.

멈추었던 횃불은 다시 움직였다.

횃불이 움직이는 방향은 한 곳이었다.

바로 장한명과 신궁화 쪽을 향해 움직이기 시작한 것이다.

아주 빠른 속도로 횃불은 움직여 왔다.

순간, 피리 소리는 격해졌다.

마치 바다를 뿌리째 뒤집어엎는 거대한 태풍의 소용돌이처럼 구성지게 울리던 피리 소리가 격렬하게 변한 것이다.

횃불의 움직임이 갑자기 주춤했다.

횃불이 움직이는 방향이 흐트러지기 시작했다.

신궁화와 장한명을 향해 일정하게 움직이던 횃불이 사방으로 흩어지기 시작했다.

그들 역시도 천향섭혼음에 영향을 받기 시작한 모양이었다.

움직임도 눈에 띄게 둔화되었다.

목대로 돌아가는 횃불들도 있었으며, 신궁화와 장한명과는 정반대로 움직이는 횃불들도 있었다.

신궁화와 장한명을 향해 움직이는 횃불은 불과 서넛에 지나지 않았다.

그들의 무공이 다른 자들보다도 한 수 위임을 말하는 장면이었다.

바로 그때였다.

목대 주변에서 또 다른 피리 소리가 울리기 시작했다.

삘리리리……

언뜻 듣기엔 천향섭혼음과 유사한 음률을 보이고 있었다.

장한명은 흠칫했다.

'이 소리는……'

귀에 익숙한 소리였다.

천뇌집무헌의 지하연무장에서 머물렀던 지난 이 년의 세월 동안 끊임없이 들어왔던 바로 그 소리였다.

장한명은 하마터면 피리 소리에 이끌려 목대로 달려나갈 뻔했다.

진화에 진화를 거듭하여 인간의 한계를 벗어난 무공을 지니게 된 장한명이지만, 저 마적의 소리에서 완전하게 자유로워진 것은 아니었다.

신궁화의 피리 소리가 더욱 격해졌다.

목대에서 들려오는 마적의 소리도 따라서 격렬하게 변해가기 시작했다.

두 피리 소리가 서로 뒤엉키기 시작했다.

그러자 횃불은 방향을 잡지 못하고 출렁이기 시작했다.

서로 다른 방향에서 흘러나오는 천향섭혼음이 정면으로 충돌하고 있는 것이다.

때로는 고요하게, 때로는 격렬하게 충돌했다.

장한명은 내공을 끌어올려 최대한 자신과 신궁화를 방어했다.

신궁화의 이마에 식은땀이 흐르기 시작했다.

그녀의 체력으론 장시간의 연주는 불가능한 것으로 보였다.

상대는 백의성군 진유성이다.

한때는 천하제일인으로 군림했던 그가 불어대는 천향섭혼음은 듣기에도 강한 힘이 느껴졌다.

이대로 나가면 천향섭혼음을 교란시키겠다는 신궁화의 계

획조차도 포기해야 할지도 모른다.

삘리리리…….

신궁화가 불어대는 피리 소리에 갑자기 힘이 더해졌다.

장한명이 신궁화의 손을 통해 내력을 주입시키기 시작한 것이다.

신궁화의 심어가 들려왔다.

[힘을 낭비하지 말아요.]

장한명은 그러나 포기하지 않았다.

"할 수 없소. 지금 당장 야주의 상태가 위험하니까."

[…….]

신궁화의 심어는 더 이상 들려오지 않았다.

장한명의 말을 그녀도 인정하고 있는 것이다.

바로 그 순간이었다.

쿠우우…….

멀리서 아홉 줄기의 강한 빛이 어둠을 뚫고 솟아올랐다.

빛은 목대의 북쪽에서 시작이 되었다.

'반천구마신…….'

장한명은 그 빛의 주인이 반천구마신임을 직감했다.

허공으로 치솟은 반천구마신은 신궁화와 장한명을 향해 쏟아져 왔다.

빛처럼 빠른 속도였다.

신궁화의 몸이 격렬하게 떨리기 시작했다.

천향섭혼음과의 대결에서 밀리기 시작한 것이다.

그녀가 불고 있는 천향섭혼음은 반천구마신에게 전혀 영향을 주지 못했다.

아직까지는 그랬다.

장한명은 좀 더 강한 내력을 그녀에게 주입시켰다.

그러자 그녀의 이마에 흐르는 식은땀이 사라지기 시작했다.

눈을 지그시 감은 그녀의 얼굴에 붉은 홍조가 은은하게 떠오른다고 느껴지는 바로 그때였다.

삐리리…….

그녀의 천향섭혼음은 마치 화살처럼 반천구마신에게 꽂혔다.

반천구마신은 벼락을 맞은 듯 움찔했다.

장한명은 분명하게 그들의 변화를 느낄 수가 있었다.

그들이 마침내 신궁화의 천향섭혼음에 영향을 받기 시작한 것이다.

그들은 혼란스러워하는 빛이 역력했다.

백의성군 진유성의 천향섭혼음이 강렬하게 울려 퍼졌지만, 반천구마신에게서 혼란스러움을 거두어가진 못했다.

반천구마신은 허공에서 바닥으로 내려왔다.

그들은 서로를 마주 보며 갸우뚱거렸다.

그들은 자신들이 왜 함께 움직여야 하는지에 대해 의문이

드는 모양이었다.

순간 그들은 상대를 외면했고, 서로 다른 방향으로 움직이기 시작했다.

방향 감각 자체를 상실한 것이 분명했다.

그들은 빠른 움직임으로 각기 다른 방향으로 신형을 날려갔다.

백의성군 진유성의 천향섭혼음이 그들을 잡으려 했지만 소용이 없었다.

다급하게 신궁화의 심어가 들려왔다.

[바로 지금입니다, 공자!]

그러나 장한명은 신궁화의 심어를 듣지 못했다.

이미 장한명은 반천구마신 가운데 한 명을 추적하기 시작한 것이다.

신궁화의 심어가 들려왔을 때는 장한명은 어둠 속으로 사라진 뒤였다.

第二章
생사투(生死鬪)

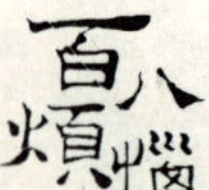

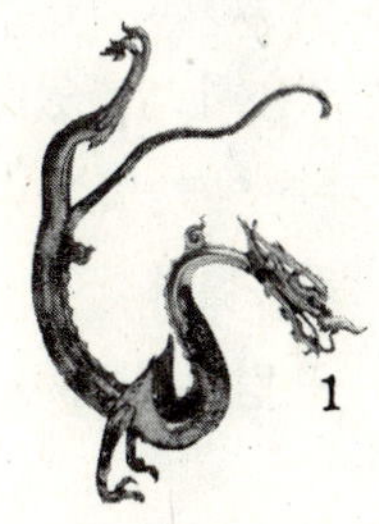

장한명은 전력을 다해 반천구마신 가운데 한 명을 뒤쫓기
시작했다.

최초엔 상당히 먼 거리였지만, 시간이 지나면서 그 거리는
점점 좁혀지기 시작했다.

"추운(秋雲)……."

장한명은 상대가 반천구마신 가운데 한 명인 추운임을 느
낄 수 있었다.

산을 넘고 강을 넘기를 여러 번 반복한 후에야 장한명은 마
침내 상대를 추월할 수 있었다.

앞은 더 이상 길이 아니었다.

깎아지른 듯한 단애가 결국 추운의 앞을 가로막은 것이다.

단애 끝엔 장한명이 서 있었고, 추운은 장한명과 단애를 발견하고는 결국 걸음을 조용히 멈추었다.

장한명을 바라보는 추운의 눈빛이 흔들렸다.

흔들리는 그 눈빛은 몽롱했다.

가끔 섬뜩한 마광이 출렁이며 뿜어져 나왔지만 그것은 찰나의 순간이었다.

추운은 장한명을 발견하고는 음산하게 중얼거렸다.

"장한명, 네놈이로군."

이렇게 중얼거리며 추운은 주변을 두리번거렸다.

나머지 반천팔마신의 존재가 궁금했던 모양이었다.

"어째서 내가 이곳에 혼자 오게 된 것이지?"

추운은 고개를 갸웃했다.

장한명은 천향섭혼음의 영향을 받아서 무의식의 상태에서 이곳까지 달려오게 되었음을 추운의 중얼거림과 표정으로 짐작을 할 수가 있었다.

그러나 현재 추운에게 그게 중요한 것은 아니었다.

"지금 내 앞을 막고 선 건가?"

추운은 조용히 물었다.

장한명은 빙그레 웃었다.

"어차피 길은 끊어졌으니 더 이상 갈 수 없는 것이 아닌가?"

"크크크… 감히 날 막아?"

추운은 비슷한 중얼거림을 되풀이했다.

그렇게 중얼거리는 추운의 눈엔 서서히 살기가 꿈틀거리기 시작했다.

일시적으로 잠재되었던 마성이 다시 폭발하기 시작한 것이다.

장한명은 생각했다.

천향섭혼음으로 반천구마신을 교란시키는 시간이 생각보다 짧다는 것을 말이다.

그들의 움직임이 상상할 수 없도록 빨라서 만평대에서 꽤 멀리 떨어져 나오긴 했지만, 추적의 시간은 잠깐에 불과했던 것이다.

만약 그 시간 동안 반천구마신이 전력을 다해 그곳을 떠나지 않았던들, 장한명은 반천구마신에게 포위되는 절박한 상태에 놓이게 되었을지도 모른다.

오늘은 운이 좋았지만, 다음에도 운이 좋으리라는 법은 없었다.

운이 좋아 추운을 제거한다고 해도 앞으로 반천팔마신을 상대하기가 쉽지는 않을 거라는 생각이 들었다.

추운은 장한명이 반갑지 않은 모양이었다.

"내 머릿속엔 한 가지 생각뿐이다, 널 어떻게 죽일까 하는."

장한명은 물었다.

"날 죽일 생각인가?"

추운은 음산한 표정으로 고개를 끄덕였다.

"크크… 그럼 살기를 바란다는 건가?"

장한명은 갸웃했다.

"아무리 생각해 봐도 너희들이 날 죽여야 할 이유는 없던 것이 아니었나? 물론 너희들과 함께 숨을 쉬고 함께 생활했던 일천여 명의 동료 역시 마찬가지고."

추운의 눈엔 더욱 강한 살기가 떠올랐다.

"이유는 중요하지 않아. 내가 죽이고 싶을 때 누구를 죽이든 그건 내 마음이니까."

말을 하는 추운은 지극히 정상적인 모습이었다.

마성에 젖어 있다는 그 어떤 흔적도 찾아볼 수가 없었다.

두 눈에 드리운 살기가 점점 더 강해진다는 것 외엔 장한명과 다를 바가 없는 보통 사람의 모습이었다.

다만 그가 중얼거리는 말이 평범한 것은 아니었다.

"난 뭐든 죽여야 해. 그저 죽이면 그뿐이야. 피를 보고, 피를 마셔야 마음이 즐거워지거든."

장한명은 고개를 끄덕였다.

"그래서 날 죽일 생각인 것이로군."

"그런데 말이지. 그냥 간단히 죽이는 것은 재미가 없다는 말씀이야."

"그럼 어떻게 날 죽일 생각인가?"

"잔인하게."

"잔인?"

"네놈을 산채로 저 나무에 꽂아놓으면 어떨까 싶어."

추운은 절벽 끝에 아슬아슬하게 뿌리를 박고 선 한 그루의 노송을 가리켰다.

장한명은 노송을 힐끔 쳐다보며 탄식했다.

"그건 정말 끔찍하겠군."

"크크크… 서서히 고통을 느끼며 죽어가게 될 거야. 네놈의 몸이 마지막 피 한 방울까지 모조리 쏟아내는 동안, 네놈은 처절하게 비명을 질러대겠지. 크크……."

"그 모습을 보는 것이 즐겁다?"

"조금은. 만족할 만한 정도는 안 되겠지만……."

"미친 놈."

장한명은 고개를 절레절레 내저어 보이며 말을 이었다.

"한때는 우린 좋은 친구였지. 기억나나?"

추운은 고개를 저었다.

"우린 좋은 친구였던 적이 없다."

"그럼 나만 그렇게 생각했던 것인가?"

"너 같은 멍청한 놈을 친구로 둔 적이 없어. 크크……."

"하긴 내가 좀 멍청하긴 하지."

"난 지금 네놈이 그 절벽 아래로 떨어져 버릴까 봐 그것이

겁날 뿐이야. 크크크. 왜냐하면 넌 그러고도 남을 정도로 멍청하니까.”

“약속하지.”

“뭘?”

“난 절대로 이 절벽 아래로 뛰어내리지 않아.”

“크크… 그거 다행이로군.”

순간 추운은 느릿하게 장한명을 향해 다가섰다.

느릿한 움직이었으나 장한명의 눈엔 그것이 느리게 보이지 않았다.

단지 몇 발자국을 움직였을 뿐이지만, 거기엔 수많은 움직임이 더 있었다.

발을 움직이는 동작 외의 나머지 동작은 육안으로 보이지 않을 정도로 빠르다는 것이 문제였을 뿐이었다.

추운은 그 상태로 말했다.

“크크… 선택의 여지가 없어. 넌 다만 조용히 당해주면 되는 거야.”

장한명은 빙그레 웃었다.

“자신 있나?”

순간 추운의 손이 번쩍 허공에서 갑자기 튀어나오는가 싶더니 그대로 장한명의 가슴을 쳤다.

쾅!

그 소리는 벼락 치는 소리처럼 강하게 울렸다.

추운은 음산하게 웃었다.

"크크크… 맛이 어때?

장한명은 잠시 눈을 감았다 뜨며 말했다.

"별맛 없군."

이에 추운은 흠칫했다.

장한명은 지극히 평온해 보였다.

바위라도 녹여 버릴 만큼 강한 위력의 공격이 실패로 돌아
간 듯 보였다.

실패는 전혀 상상도 못했던 추운이었다.

이 일장으로 승부는 끝날 것이라 믿었다.

지금까지는 늘 그래 왔으니 말이다.

"어떻게……?"

추운은 자신의 손을 살피며 갸웃했다.

극도의 혼란스러움이 추운에게 찾아들었다.

장한명은 추운의 혼란을 읽어냈다.

"이유는 간단해."

추운은 손을 살피던 눈동자를 천천히 장한명에게로 옮겼
다.

"간단해?"

"지극히 간단하지."

"그게 뭔데?"

"내가 더 강하기 때문이지."

이 말이 끝나는 순간 장한명의 손 하나가 허공에서 불쑥 튀어나왔다.

마치 장한명의 손은 공간을 이동하는 듯 보였다.

그 손은 정확하게 추운의 가슴을 쳤다.

이번엔 아까와는 달리 소리가 전혀 없었다.

그저 추운의 가슴 옷이 살짝 펄럭였을 뿐이었다.

추운은 갸웃했다.

"뭐지?"

추운으로서는 영문을 알 수가 없었다.

분명히 장한명의 손이 자신의 가슴을 강하게 때렸음에도 불구하고 자신은 전혀 충격을 받지 않았을 뿐더러 손이 닿았다는 느낌조차 없었던 것이다.

장한명은 예상한 듯 담담했다.

"기다려 봐 좀 아플 테니까."

"기다려?"

추운은 여전히 갸웃했다.

그러나 다음 순간, 그는 기다리라는 장한명의 말이 주는 의미를 깨달을 수 있었다.

가슴으로부터 은은히 열기가 느껴졌다.

최초의 느낌은 단지 그 정도뿐이었다.

추운은 의아한 표정으로 자신의 가슴을 내려다보았다.

가슴의 옷이 타들어가고 있었다.

마치 자신의 옷에 누군가가 화인을 찍은 듯 보였다.

그리고 그것이 시작이었다.

열기는 온몸으로 강렬하게 퍼져 나가기 시작했다.

온몸의 살을 태우고 뼈를 녹이는 그런 열기였다.

"커억!"

추운은 결국 목이 뜨끈해지는 느낌을 받으며 한 모금의 검붉은 선혈을 토해냈다.

그리고 폭풍에 휘말린 듯 뒤로 정신없이 물러섰다.

무서운 통증이 밀려들었다.

그 통증을 비명없이 참아내기엔 어려웠다.

그러나 추운은 식은땀을 흘리면서도 끝내 비명을 참아냈다.

악다문 입술 사이로 핏물이 스며 나왔다.

안색은 백납처럼 창백했으며, 온몸을 태우는 열기는 한동안이나 지속이 되었다.

추운은 태어나서 처음으로 상상을 초월하는 극심한 통증을 느껴보고 있었던 것이다.

장한명은 그런 추운을 보며 감탄하지 않을 수가 없었다.

비명을 질러내지 않는 추운의 모습에서 우선 감탄을 했고, 끝내 무릎을 꿇지 않고 버티고 서 있는 것에 다시 감탄했다.

신무학 백팔번뇌 가운데 하나의 무공으로 전력을 다한 공격이었던 것이다.

　무림 일류 고수라 해도 칠공으로 피를 토하며 고통을 느낄 사이도 없이 절명시킬 만큼 가공할 위력의 공격이었던 것이다.

　적어도 죽어가는 그 순간까지 고통을 느낀다면 그건 고수다.

　고통은 느끼되 죽음을 피할 정도라면 그건 인간의 능력 이상을 지녔다는 얘기가 된다.

　이것이 장한명이 감탄한 이유였다.

　추운은 장한명의 상상을 초월할 정도로 빠르게 정상을 회복했다.

　장한명의 일장을 얻어맞기 전의 상태로 완벽하게 회복하는 데에 걸린 시간은 일수유에 불과했다.

　추운은 타서 너덜거리는 가슴 옷을 툭툭 털어냈다.

　"제법이로군, 크크… 아주 괜찮아."

　여유마저 되찾은 모습이었다.

　달라진 것이 하나 있었다.

　그것은 추운의 전신에서 가공할 만한 마기가 치솟아 나오기 시작했다는 점이었다.

　동시에 추운은 허리띠를 천천히 풀었다.

　허리띠를 펼치자 그것은 투명한 연검이었다.

　취리릿~

　가볍게 흔들자 투명한 연검은 뱀의 혓바닥에서 나오는 소리와 비슷한 소리를 내며 검신을 파르르 떨었다.

추운은 연검을 흔들며 장한명을 향해 비릿하게 웃었다.

"좋아. 오랜만에 몸을 풀게 생겼군."

순간 추운이 움직였다.

움직였다고 느끼는 순간 추운의 신형은 장한명을 중심으로 빠르게 회전하기 시작했다.

취리릿!

이어 투명한 연검은 장한명의 몸을 갈랐다.

단 한 번의 동작이었지만, 그 한 번의 동작엔 수천, 수만의 변식이 숨겨져 있었다.

장한명은 그 모든 변식을 다 살필 수가 없었다.

카칵!

쇳덩어리가 긁히는 듯한 듣기 거북한 소리가 터져 나왔다.

투명한 연검은 장한명의 몸에 박혔다.

"윽!"

그러나 신음은 추운의 입에서 터져 나왔다.

투명한 연검은 말이 장한명의 몸에 박힌 것이지, 장한명의 몸에 걸쳐져 있었을 뿐이었다.

연검은 장한명의 몸을 파고들지 못한 것이다.

수많은 변식은 그저 허공에 날리는 안개처럼 흩어졌고, 그 어떤 위력도 발휘하지 못했다.

이에 추운은 경악했고, 자신도 모르게 신음을 내질렀던 것이다.

장한명은 잠시 자신의 어깨에 올라 있는 추운의 연검을 살폈다.

솔직히 이런 결과는 장한명으로서도 예측하지 못했던 것이다.

상대가 펼치는 검법의 수천수만의 변식을 다 살피지 못하는 순간, 상대에게 자신이 당하리라 생각했다.

분명히 상대의 검은 정확하게 자신의 오른쪽 어깨를 내려쳤다.

자신의 오른팔이 통째로 날아갈 판이었다.

그러나 추운의 검은 장한명의 어깨를 자르지 못했다.

추운의 검이 닿기도 전에 장한명의 몸이 빠르게 반응해, 차갑고도 뜨거운 신비로운 기운이 몇 번의 폭발을 하며 장한명의 어깨를 그야말로 강철덩어리로 변화시켜 버린 것이다.

장한명도 예측하지 못한 이런 현상에 추운이 놀라는 것은 당연했다.

상대는 천하에 다시없는 둔재다.

그 둔재를 상대로 추운은 벌써 두 번의 실패를 경험하고 있는 것이다.

"크크… 이거 점점 더 재미있어지는군."

추운은 그러나 자신이 패배를 당할 거라고는 생각하지 않는 듯 보였다.

두 번의 실패가 있긴 했어도 그건 자신이 상대를 경시한 탓이라 여겼다.

실패를 경험할수록 마성은 강하게 폭발했다.

추운의 전신에서는 핏빛이 강하게 뿜어져 나왔고, 그것이 살기라는 것을 장한명은 알 수가 있었다.

추운의 눈동자 역시 핏빛으로 변해갔다.

장한명은 그 붉은 눈동자가 천뇌원주 사마량의 눈동자와 유사하다는 생각이 들었다.

문득 장한명은 천뇌원주 사마량도 신무학 백팔번뇌를 연성한 것은 아닌가 하는 생각을 했다.

충분히 가능한 일이었다.

신무학 백팔번뇌를 창조한 인물이다.

그러므로 자신에 알맞게 신무학 백팔번뇌를 변형시켜서 그 새로운 형태의 신무학을 연성하고도 남지 않겠는가.

생각은 꼬리에 꼬리를 물고 이어져 나왔지만, 그런 장한명을 추운은 가만 내버려 두지 않았다.

"크크… 이번엔 실패하지 않는다."

추운은 검을 가슴 앞에 모았다.

추운의 몸에서 뿜어지는 붉은빛은 그사이 더욱 강렬하게 변해 있었다.

장한명은 긴장했다.

추운이 연검을 통해 신무학 백팔번뇌 가운데 손가락 안에

꼽힐 만한 위력의 검법을 펼치려 한다는 것을 느낄 수가 있었기 때문이다.

그 공격을 완벽하게 막을 수 있으리라는 확신은 들지 않았다.

이번엔 연검이 자신의 살을 파고들지도 모른다.

장한명은 문득 천인혈검을 떠올렸다.

천인혈검이 있었다면 좋은 승부가 되었으리라는 생각이 들었다.

'어쩔 수 없군. 맨손으로 상대할 수밖에⋯⋯.'

장한명은 긴장한 채로 추운의 동작을 예의주시했다.

추운은 연검을 가슴에 모은 채 천천히 장한명의 주변을 돌기 시작했다.

투명한 연검이 붉어지기 시작했다.

파르르 떨리는 연검은 천천히 장한명을 겨누었다.

어둠 속에서도 연검은 붉은 검광을 뿌려냈다.

마치 붉은 혓바닥이 날름거리는 것과 같은 느낌을 주었다.

장한명은 우수를 검처럼 뻗었다.

장한명의 우수는 서서히 황금빛으로 물들어가기 시작했다.

소림백팔나한대승으로부터 얻은 불기가 장한명의 몸속에서 발진하기 시작한 것이다.

추운은 그 광경을 보며 음산하게 웃었다.

“어쩌려고? 고작 그걸로 감히 날 상대하겠다고?”

추운은 장한명을 비웃었다.

추운은 장한명의 자세를 보며 장한명이 자신이 전개하려는 것과 같은 검법을 사용하려 함을 짐작한 듯한 눈치였다.

장한명은 서둘러야 한다고 생각했다.

혼자 두고 온 신궁화가 걱정이 되었다.

백의성군 진유성이 그녀를 가만히 내버려 둘 것 같진 않았기 때문이다.

신궁화의 능력을 봤을 백의성군 진유성에겐 그녀의 능력이 앞으로 자신의 행보에 큰 방해가 되리라는 것을 느꼈을 것이다.

그렇다면 신궁화를 제거하려 들 것임은 불을 보듯 뻔했다.

장한명은 늦기 전에 그녀를 위험에서 구해내야 한다는 생각에 마음이 초조해졌다.

추운과의 일전은 속전속결이어야 한다.

그러나 이런 생각은 추운도 마찬가지였다.

추운은 눈앞의 둔재를 서둘러 제거하고 본래 자신의 자리로 돌아가야 한다는 생각으로 역시 서둘렀다.

쿠우우…….

마침내 추운이 빠르게 움직이기 시작했다.

연검은 장한명의 가슴을 노리고 짓쳐들었다.

장한명 역시도 연검을 향해 손을 뻗어갔다.

파파팟…….

장한명의 수검과 연검은 수없이 허공에서 마주쳤다.

같은 신무학 백팔번뇌에 속한 검법이었다.

그러나 막상 뚜껑을 열어보니 내용물은 전혀 달랐다.

추운은 흠칫했다.

"뭔가?"

이름만 같은 무공일 뿐, 장한명이 펼치는 수검법은 전혀 자신의 것과 달랐던 것이다.

다르긴 했어도 낯설다는 느낌은 없었다.

동작 하나하나를 보면 자신의 검법과 유사했지만, 그 동작 하나하나를 연결시켜 놓으면 그건 생소하게 느껴졌다.

지난 이 년의 세월 동안 수없이 반복해서 연성했던 그 동작들이 장한명의 손을 통해서는 전혀 다른 그림으로 나타나고 있는 것이다.

콰콰쾅!

서너 번의 충돌이 있었다.

주 검기와 잔 검기의 충돌이었지만, 그 충격은 대단했다.

그 충격으로 주변의 나무들이 뿌리째 뽑혀져 날아가고, 단단히 박혀 있던 바위들이 뿌리가 뽑혀 절벽 아래로 굴러 떨어져 내려갔다.

검과 검의 충돌은 아니었지만 검과 검의 충돌 그 이상의 위력을 보였다.

비로소 장한명은 깨달았다.

'진화에 진화를 거듭하지 않았다면 반천구마신 가운데 한 명을 상대로 삼 초식을 넘기지 못했으리라.'

어째서 천뇌원주 사마량이 장한명을 진화시키는 데에 사력을 다했는지 짐작이 되는 대목이었다.

비록 진화를 거쳐 신무학 백팔번뇌를 극성으로 연성하게 된 장한명이지만, 추운 하나를 상대하는 것만도 만만치 않았다.

추운은 이전 두 차례의 공격과는 사뭇 다른 위력의 공격을 펼치고 있었다.

추운 또한 긴장하고 최선을 다하고 있음이 분명했다.

장한명은 그런 추운의 공격을 받으며 자신의 승리를 장담할 수만은 없었다.

2

장한명이 떠난 자리에 신궁화만이 덩그러니 혼자 남겨졌다.

신궁화는 반천구마신이 흩어져 떠났고, 그들 중 한 명을 장한명이 추적한 이상 더 이상의 천향섭혼음은 의미가 없다는 생각을 했다.

그녀는 서둘러 이곳을 떠나야 한다고 생각했다.

천향섭혼음에 영향을 받아 혼란을 겪고 있는 반천구마신
이 다시 되돌아오기 전에 말이다.

그러나 반천구마신이 문제가 아니었다.

그녀의 주변엔 수백여의 천의맹도와 그들을 거느린 백의
성군 진유성이 있었다.

그들도 천향섭혼음의 영향을 받아 공황 상태에 빠져 있었
지만, 곧 정상적인 상태로 회복이 될 것이다.

그리되면 영영 이 만평대를 빠져나갈 수 없게 되고마는 것
이다.

그들이 정신을 온전히 수습하기 전에 만평대를 빠져나가
야 한다.

물론 이것은 이곳에 오기 전부터 계획된 일이었다.

그녀의 계획은 아직 빗나가 본 적이 없었고, 그대로 실수없
이 진행이 될 것이다.

피리를 천천히 입술에서 뗀 신궁화는 그러나 더 이상 어떤
행동도 취할 수 없었다.

그녀의 앞으로 유유히 다가오는 백색의 인영은 다름 아닌
백의성군 진유성이었다.

그리고 천의맹도들은 이미 신궁화를 넓게 포위한 상태였
다.

그녀는 독 안의 쥐 신세가 되어 버린 것이다.

그러나 그녀는 당황하지 않았다.

　백의성군 진유성이 바짝 다가올 때까지도 그녀는 태연했다.

　백의성군 진유성은 신궁화와 십여 장의 거리를 두고는 움직임을 조용히 멈추었다.

　달빛에 젖은 백의성군 진유성은 여전히 탈속한 풍모였다.

　백의성군 진유성은 온유한 눈빛으로 신궁화를 살폈다.

　"신궁세가의 인물인가?"

　백의성군 진유성은 조용히 물었다.

　신궁화는 담담히 고개를 끄덕여 보였다.

　"신궁세가의 피가 흐르는 사람만이 천향섭혼음을 연주할 수 있습니다."

　"그런가? 하지만 예외도 있지 않나?"

　"물론 예외가 있지요. 당신은 신궁세가 출신이 아니기 때문이지요."

　"아니, 이제는 달라졌다."

　백의성군 진유성의 말에 신궁화는 고개를 끄덕였다.

　"확실히 달라졌습니다. 당신이 아니고서는 천향섭혼음의 연주를 해서는 안 된다는 불문율이 생긴 지 이미 오래이기 때문입니다. 그렇습니다, 천향섭혼음은 오로지 당신만의 소유물입니다."

　"그걸 알면서도 천향섭혼음을 연주한 까닭은?"

　"……."

신궁화는 신비롭게 웃었다.

신궁화의 신비로운 웃음을 바라보는 백의성군 진유성의 눈빛에 문득 차가운 냉기가 스쳤다.

"그 웃음이 마음에 안 들어. 그 어른도 늘 그런 웃음을 짓곤 했지. 세상의 모든 진리를 그 웃음에 담아내듯 말이지."

"그랬나요?"

신궁화는 신비로운 웃음을 지우지 않았다.

그리고 물었다.

"그래서 그 어른을 제거하신 건가요?"

백의성군 진유성은 대답 대신에 미간을 살짝 찌푸렸다.

"어찌하여 천향섭혼음의 연주가 금기되었음을 알면서도 내 허락도 없이 천향섭혼음을 연주한 것인가?"

"금기는 당신이 만든 것이지, 소녀가 동의했던 것은 아닙니다."

"천뇌원주 사마량의 동의가 있었는데 그대의 동의를 따로 받아야 했던 것인가?"

"천뇌원주 사마량은 신궁세가의 인물이 아닙니다."

"신궁풍이 신궁세가의 인물이 아니라면 누가 신궁세가의 인물인가?"

"신궁풍은 죽었습니다. 신궁이라는 성을 버리는 순간."

"허허……."

백의성군 진유성은 어이없는 웃음을 흘려냈다.

백의성군 진유성은 먼 허공을 바라보며 중얼거렸다.

"어르신께서 남긴 무기가 또 있었군요. 대단하십니다. 죽어서도 끝까지 이 진유성의 목을 조이고 있으니 말입니다."

백의성군 진유성의 눈빛은 천천히 신궁화에게로 향했다.

"너의 천향섭혼음은 훌륭했다. 덕분에 반천구마신은 내 곁을 잠시 떠났지만, 그들은 곧 돌아올 것이다. 그들의 주인은 이 백의성군 진유성이기 때문이다."

"……."

"묻자, 이 잠시 동안의 혼란에서 네가 얻는 이득은 무엇이더냐?"

"파멸!"

"파멸?"

신궁화는 고개를 끄덕였다.

"당신과 반천구마신의 파멸이지요."

"허허……."

이번엔 백의성군 진유성이 신비롭게 웃었다.

"가라……."

그리고 백의성군 진유성은 천천히 돌아섰다.

신궁화의 눈빛에 의아함이 떠올랐다.

"이것이 당신다운 자비인가요? 아니면 여유인가요?"

이 물음에 몸을 돌려 걸어가던 백의성군 진유성은 조용히 걸음을 멈추었다.

“착각하지 마라. 북천신유나 너나 내 눈엔 필요 이상으로 머리가 큰 기형인으로 보일 뿐이다. 너희들은 그 큰 머리를 이용해 천하를 자신의 것으로 만들 수 있다는 오만에 휩싸여 있지만 천만의 말씀이다.”

“……”

“내겐 미래를 볼 줄 아는 능력은 없지만, 미래를 보지 못한다고 해도 너희들을 이길 능력은 충분하다고 생각한다. 북천신유는 죽어서도 그 오만함을 꺾지 않고 있는 듯하지만, 곧 보게 될 것이다. 이 백의성군 진유성에게 처절하게 파멸당한 신궁세가의 모습을 말이다. 너 또한 예외가 되진 않을 것이다.”

“당신이야말로 오만한 것이 아닐는지요?”

“자격을 갖춘 사람이 오만하다면 그건 오만이 아니라 확신이다. 너희에겐 오만할 자격이 없는 것이 문제지만 말이다.”

“당신의 그 오만함은 머지않아 꺾이게 될 것입니다. 명심하세요.”

“푸핫……!”

백의성군 진유성은 앙천 광소했다.

그런 후 그는 예의 그 온유한 표정을 되찾고는 한마디를 던졌다.

“지금 그 말 자신하느냐?”

신궁화는 간단히 고개를 끄덕였다.

"분명한 것은, 앞으로 십 년 후 소녀는 여전히 건재할 것이고, 당신은 이 땅에서 사라지고 없을 거라는 점입니다."

"네 할아버지도 그런 오만을 떨다 사라졌지. 네 할아버지처럼 되지 않으려면 말을 아끼도록 해라."

그리고는 더 이상 말할 가치가 없다는 듯 백의성군 진유성은 목대를 향해 신형을 날려갔다.

백의성군 진유성이 목대로 사라지자 천의맹도들도 그 뒤를 따라 포위망을 풀고 사라졌다.

신궁화는 순간 긴장이 풀려 털썩 그 자리에 주저앉고 말았다.

온몸의 맥이 다 빠져나간 기분이 들었다.

장한명이 걱정되었다.

반천구마신 가운데 한 명을 추적하여 그만을 상대하고 있다면 장한명에게 승산이 높다.

그러나 한 명이 아니라 두 명이 될 수도 있고, 세 명이 될 수도 있다.

그리되면 장한명이 살아 돌아온다는 보장은 없어지는 셈이다.

신궁화는 억지로 몸을 일으켜 장탄식과 함께 천천히 만평대를 떠났다.

그녀가 믿는 건 오로지 하나였다.

장한명이 단명할 상은 아니라는 그 한 가지를 말이다.

장한명과 추운의 결전은 반 시진이 넘게 계속되었다.

겉으로는 그들의 결전에선 치열함이 전혀 느껴지지 않았다.

그저 장난을 하고 있는 듯 느릿하게 일진일퇴를 반복하고 있을 뿐이었다.

한 번 공격하고 한 번 수비하는 동작을 사전에 약속이라도 한 듯 보였다.

그러나 겉으로만 그렇게 느껴지는 것일 뿐, 그들의 결전은 숨이 막힐 정도로 긴장의 연속이었다.

그 간단한 동작에는 수많은 변화가 숨겨져 있었고, 그 변화를 찾아내서 방어하지 못한다면 그대로 숨통이 끊어질 판이었다.

실수는 곧 죽음인 셈이었다.

장한명의 이마에도, 추운의 이마에도 땀방울이 맺히기 시작했다.

승부는 쉽게 결정되어질 것처럼 보이지 않았다.

그러나 승부는 한순간에 결정이 되었다.

퍼억!

"컥!"

장한명의 손이 추운의 가슴을 파고들고 추운의 입에서 신음이 터져 나온 것은 한순간에 벌어졌다.

추운은 벼락을 맞은 듯 몸을 부르르 떨었다.

그리고 자신이 당했다는 것이 도저히 믿기지 않는 듯 불신의 눈빛으로 자신의 가슴을 내려다봤다.

분명히 장한명의 손은 자신의 가슴속에 깊숙이 파고들어 있었다.

자신의 연검은 수백 조각으로 갈라져 바닥에 떨어진 상태였다.

추운은 검의 손잡이만을 잡고 있을 뿐이었다.

추운은 느릿하게 숙였던 고개를 들어 장한명을 바라보며 물었다.

"뭐지?"

장한명은 간단히 대답했다.

"육합검법!"

"육합검법?"

"삼류무공이지."

"후후……."

추운은 쓰게 웃었다.

장한명이 푸욱 손을 빼자 추운의 신형은 중심을 잡지 못하고 잠시 흔들렸다.

장한명의 손이 빠져나간 구멍으로 핏물이 분수처럼 뿜어

져 나왔다.

추운의 안색은 점점 창백하게 변해가기 시작했다.

"믿을 수가 없군. 그따위 삼류무공에 내가 당할 줄이야……."

"때론 가장 평범한 것이 가장 비범한 것이 될 수도 있는 것이다."

"하지만 신무학 백팔번뇌는……."

"우리에겐 너무 익숙해, 그것은."

"그래, 그럴 수도 있겠군."

"너무 익숙하니 다른 무공이 섞여 나오리라고는 생각조차 못했던 것이지."

"하지만 네가 사용하는 무공은 신무학 백팔번뇌처럼 여겨지지 않았다. 동작들은 눈에 익은 것들이었지만… 전체적으론 뭔가 많이 다르다는 느낌이었어."

"간단해. 난 역혈지체이기 때문이지."

"역혈지체라… 둔재가 아니었나?"

추운의 몸은 심하게 흔들렸고, 그 때문에 말소리도 알아들을 수가 없을 정도로 떨렸다.

가슴 구멍을 통해서 치솟는 피의 양은 굉장했다.

추운의 몸에선 생기가 사라지기 시작했고, 얼굴에선 핏기가 사라졌다.

온몸을 덮고 있던 마기도 흐려져 갔다.

장한명은 말했다.

"지금이라도 지혈시키고 운기요상한다면 목숨은 건질 수 있을 것이다. 물론 무공은 폐쇄되어 보통 사람으로 평생을 살아가야 하겠지만."

추운은 처연하게 웃었다.

그 얼굴에선 이제 더 이상 마기가 느껴지지 않았다.

"후후… 이제야 느껴지는군."

"……?"

"그동안 내가 얼마나 끔찍한 잘못을 저지르고 살아왔는지 말이지. 어째서 그동안은 그걸 전혀 느끼지 못했을까? 어째서 그동안은 오로지 살인을 생각하며 피만을 그리워했던 것일까?"

"마성이 인성을 억누른 상태였으니 당연한 결과가 아니었겠나."

"후후……."

추운은 잠시 멍하니 밤하늘을 바라보며 침묵했다.

"참 아름답군. 하늘의 별들이 이처럼 아름답다는 것을 얼마 만에 느껴보는 것인지… 이제 더 이상 느끼지도 못하겠지만……."

순간 추운은 몸을 날렸다.

장한명이 흠칫하는 순간 추운의 몸은 절벽 끝의 노송 가지에 그대로 박혔다.

퍼억!

노송의 가지는 그대로 추운의 몸을 꿰뚫었다.

가지는 등을 파고들어 가슴을 통과해서 밖으로 핏물과 함께 빠져나왔다.

장한명으로서는 예상치 못했던 일이었다.

미리 알았다면 막을 수도 있었다.

장한명은 그저 망연자실할 뿐이었다.

"왜……?"

장한명은 물었다.

추운은 억지로 웃어 보였다.

"자신이 없어……."

"무슨?"

"살아서는 죗값을 치를 자신이… 쿨룩……."

추운은 핏물을 정신없이 토해내기 시작했다.

그리고 간신히 더듬더듬 말을 토해냈다.

"이젠 알 거 같아… 우린 좋은 친구였다는… 것을……. 좋은 친구… 미안해……."

이것이 추운의 마지막 말이었다.

추운은 어둡게 깊은 눈빛으로 장한명을 한동안 힘없이 바라보다가 조용히 고개를 꺾었다.

장한명은 제거하고자 하는 상대였지만 마음이 편할 수가 없었다.

왠지 죽이지 말아야 할 사람을 죽인 것처럼 마음이 무거웠
다.

눈을 뜨고 죽은 추운의 눈을 감겨주는 장한명의 손은 그래
서인지 가늘게 떨렸다.

"잘 가라. 잠시 너의 옛 모습을 볼 수 있어서 반가웠다, 추
운."

장한명은 이 말을 끝으로 조용히 몸을 돌렸다.

그리고 천천히 걷는 그의 발걸음은 천근만근 무겁게 보였
다.

4

한 방울 두 방울 빗물이 떨어지기 시작하더니 순식간에 가
랑비는 폭우로 변했다.

쏴아아아…….

장한명은 소주에서 머물렀던 객점에서 신궁화를 만났다.

그전에 만평대를 뒤졌지만 폭우 탓인지 그곳엔 개미새끼
한 마리 보이지 않았다.

백의성군 진유성도, 천의맹도들도 그곳에 남아 있지 않았
다.

장한명은 소주의 객점에 신궁화가 있을 거 같았고, 그 예감
은 결국 적중한 셈이었다.

신궁화를 찾은 장한명은 추운의 죽음을 설명하기에 앞서 죽엽청 한 병을 시켰다.

그리고 제법 큰 사발에 죽엽청을 따라 단숨에 들이켰다.

"컥……."

목이 타들어가는 느낌을 받았지만, 마신 술을 전처럼 토해 내진 않았다.

이 독한 맛은 묘화를 통해 맛 본적이 있었다.

술을 마시고 나서 얼마 후 장한명은 묘해지는 기분을 느꼈다.

마음이 지극히 평온해졌고, 복잡했던 생각들이 단순하게 여겨졌다.

시간이 좀 더 흐르자 괜히 기분이 좋아졌다.

세상을 다 얻은 기분이었다.

장한명은 신궁화를 향해 헤죽 웃어 보였다.

신궁화는 빙그레 웃어 보였다.

"이제 기분이 좀 풀렸나요?"

장한명은 고개를 끄덕였다.

"헤헤… 아주 기분이 좋아졌소."

"그래요. 좋아 보이는군요. 쉴 새 없이 웃어대는 걸 보니……."

"그런데 말이오, 야주……."

"말씀하세요."

“술을 마시니 야주가 더 예뻐 보이는 건 어째서이지?”

“싱겁긴…….”

신궁화는 장한명의 말이 싫지는 않는 듯 눈을 곱게 흘겨 보였다.

“본래 예쁜데 새삼스럽게 더 예뻐 보인다니…….”

“헤헤… 예쁜데… 우히히…….”

장한명은 배꼽을 잡고 웃었다.

그저 웃음이 터져 나왔다.

장한명은 술병을 들어 신궁화에게 내밀었다.

“정말 환장하게 기분이 좋아지는군. 야주도 한잔 마셔봐. 기분이 좋아질 테니까.”

신궁화는 술병을 밀어내며 천천히 몸을 일으켜 세웠다.

“주무세요, 공자…….”

“엥?”

장한명은 흠칫했다.

신궁화는 곱게 웃어 보였다.

“많이 힘드셨을 테니 일찍 쉬시는 게 좋겠습니다.”

장한명은 갸웃했다.

“내 얘기를 듣지도 않고 말이오?”

“내일 듣겠습니다.”

“내일로 미룰 것도 없어.”

“무슨 뜻인지?”

"죽었어, 그놈."

"그놈이라면?"

"반천구마신 가운데 한 명… 이름은 추운. 놈은 스스로 목숨을 끊었소."

"자결을 했다는 건가요? 반천구마신 가운데 한 명이 자결을?"

"살아서는 죗값을 치를 자신이 없다는 게 자결의 이유였소."

"아……."

"빌어먹을… 그 말을 전하다 보니 갑자기 기분이 더러워지네."

"내일 말씀하시지요."

신궁화는 몸을 돌려 방을 빠져나가려 했다.

그때 장한명이 침상에 벌렁 누우며 중얼거렸다.

"반천구마신을 제거하기에 앞서 천뇌원주 사마량, 백의성군 진유성을 먼저 제거해야 하는 것이 아니오?"

신궁화는 걸음을 멈추었다.

"세상을 지옥으로 만든 건 반천구마신이 아니오. 바로 그 두 인간이 이 땅을 지옥으로 만든 원흉이오."

장한명은 눈을 감은 채 피를 토하듯 중얼거렸다.

신궁화는 고개를 끄덕였다.

"순서가 정해져 있는 것은 아닙니다. 반천구마신을 제거하든 백의성군 진유성을 제거하든, 천뇌원주 사마량을 제거하든 그건 공자의 마음입니다.”

“그들을 제거하지 않아도 그건 내 마음이고?”

“그렇습니다.”

“무림을 떠나는 것도 내 마음이고?”

“이대로 떠나고 싶으신 건가요?”

“지금 기분으론 그렇소. 내일 아침엔 어떻게 마음이 변할지는 모르지만……”

“그럼 내일 아침에 마저 얘기하도록 하지요.”

“보고 싶소.”

“누가 말인가요?”

“화운……”

장한명의 말은 여기에서 끝났다.

과음한 탓인지 심하게 코를 골며 깊은 잠 속으로 빠져들어간 것이다.

신궁화는 그런 장한명을 바라보며 다시 곱게 눈을 흘겼다.

“예쁘다는 말이나 하지 말지……”

第三章
지옥을 다시 보다

八惱
百煩

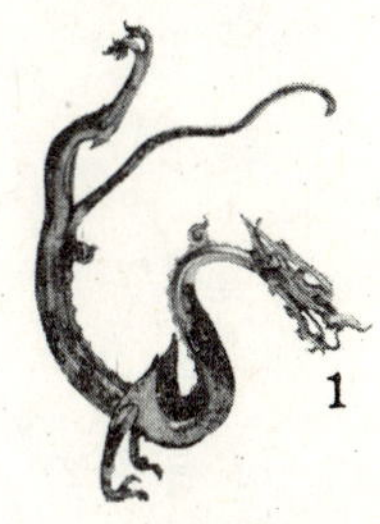

다음날 아침 날씨는 화창했다.

밤새 무섭게 퍼붓던 폭우는 종적을 감추었다.

대신 그 자리를 채운 것은 맑은 햇빛이었다.

장한명은 마실 줄 모르는 술을 마신 탓인지 술에서 깨고 난 뒤에도 자리에서 쉽게 일어나질 못했다.

"마실 때는 좋아도 깨고 난 뒤엔 좋은 것이 하나도 없군."

장한명은 속이 울렁거리고 머리가 깨지는 듯한 두통을 느끼며 억지로 몸을 일으켰다.

"잘 주무셨나요?"

신궁화가 빙그레 웃으며 방안으로 들어섰다.

장한명은 고개를 저었다.

"별로 잘 잔 것 같진 않소."

"기분은?"

"보시다시피……."

"그러게 술은 뭐 하러 마셔요."

"그러게 말이오."

장한명은 쓰게 웃으며 창문을 활짝 열었다.

맑은 공기라도 마시면 두통이 사라질 것 같아서였다.

과연 효과는 있었다.

금방 두통이 사라지고, 울렁거리는 속도 진정되는 기분이었다.

신궁화가 넌지시 물었다.

"어젯밤에 했던 말 기억해요?"

장한명은 흠칫했다.

"무슨?"

"내가 예쁘다는 말."

"헉……!"

장한명은 눈을 크게 뜨며 놀란 표정을 지어 보였다.

"내가 정말 그런 말을 했단 말이오?"

신궁화는 곱게 웃었다.

"왜요, 다시 주워담고 싶은 말인가요?"

"그, 그게 아니라……."

장한명은 손을 내저으며 말을 이었다.

"솔직히 예쁜 건 사실 아니오?"

"그런가요? 화운 낭자보다 더?"

"그, 그건… 글쎄……."

"대답해 보세요."

"끙……."

장한명은 난처한 표정으로 앓는 소리를 냈다.

신궁화는 말을 돌렸다.

"밖에 아침 식사가 준비되어 있으니 눈곱이라도 적당히 떼고 나오세요."

장한명은 구세주를 만난 기분으로 급히 대답했다.

"알겠소."

"나오시면서 대답도 생각해 오시고."

"끙……."

2

무림 대회까지는 이제 나흘이 남았다.

아침 식사를 하기 위해 객점의 숙소에서 객점의 식당으로 들어서는 순간 장한명은 흠칫했다.

아침임에도 불구하고 꽤나 많은 손님이 북적거리고 있었던 것이다.

창가 쪽에 조용히 앉아 있는 신궁화를 향해 장한명은 의아한 표정으로 주변을 두리번거리며 걸어갔다.

장한명은 객점의 손님들이 대부분 무림인임을 느낄 수가 있었다.

그들이 뿜어내는 기도가 일반인 같지는 않아 보였기 때문이었다.

장한명은 의자에 앉으며 나직이 물었다.

"무림대회 때문에 벌써부터 무림인들이 몰려드는군요."

신궁화는 고개를 끄덕였다.

"아마 내일쯤이면 더 북적거릴 겁니다. 천하무림인들이 이곳 소주에 속속 도착할 테니까요."

장한명은 물 한 대접을 벌컥벌컥 쉬지 않고 들이켜며 눈으로는 다시 한 번 객점의 무림인들을 조심스럽게 살폈다.

"저들이 날 알아보지는 않을까요?"

신궁화는 고개를 저었다.

"역천신마의 용모가 무림에 잘 알려져 있긴 하지만, 그 정도만으로는 쉽게 공자가 역천신마라고 단정 짓긴 어려울 겁니다. 그동안 공자의 차림새가 또 많이 변해 있기도 하고."

"천인혈검을 숨겨둔 것이 다행인 셈이로군요."

"이젠 어쩔 생각이죠?"

"일단 아침을 먹고."

"그런 후엔?"

"다시 반천구마신, 아니, 이젠 반천팔마신이라고 해야겠군. 반천팔마신을 찾아야 하지 않겠소?"

"그들을 제거하기 전에 천뇌원주 사마량과 백의성군 진유성을 먼저 제거해야 하는 것 아니냐는 어젯밤 말씀은?"

장한명은 흠칫했다.

"내가 그런 말을 했소?"

신궁화는 빙그레 웃었다.

"일부러 기억이 나지 않는 것처럼 행동하시는 거 맞지요?"

장한명은 양손을 격렬하게 휘저었다.

"천만에. 그럴 리가 있겠습니까? 솔직히 기분이 좋았던 기억만 날 뿐 내가 어떤 말을 했는지는 확실하게 생각나지 않소."

"많이 취하긴 취했었나 보네요."

"처음이오. 그런 기분을 느껴본 것은……."

"반천구마신, 아니, 반천팔마신을 제거해야 한다는 생각에는 변함이 없는 건가요?"

장한명은 고개를 끄덕였다.

"그렇소."

"그렇다면 다시 그들을 찾도록 하지요."

"같은 방법을 사용할 생각이오?"

"다른 대안이 나오기 전엔 그렇습니다."

"알겠소. 일단 속부터 채워야겠소."

그리고 장한명이 막 젓가락을 집어 드는 순간, 객점의 입구 쪽에서 뾰족한 비명이 튀어나왔다.

"꺄악!"

비명이 얼마나 컸던지 객점 안의 무림인들 시선은 일제히 객점 입구 쪽으로 향했다.

장한명과 신궁화의 시선도 물론 객점의 입구로 향했다.

무심코 객점의 입구를 바라보던 장한명의 안색이 일변했다.

비명을 지른 사람은 다름 아니라 바로 황월교였던 것이다.

황월교는 장한명을 발견하고는 그 반가움에 찢어지는 듯한 비명을 내질렀던 것이다.

그녀는 단걸음에 장한명을 향해 뛰어왔다.

그리고는 와락 장한명을 안았다.

장한명을 안은 황월교는 정신없이 장한명의 이마와 입술 등에 뽀뽀를 해댔다.

"아아… 이게 꿈이냐 생시냐."

그녀는 주변 사람의 눈을 전혀 의식하지 않는 듯했다.

"세상에 여기에서 이렇게 만날 줄이야. 나빠, 날 두고 그렇게 무심하게 내빼다니 말이야. 내가 얼마나 찾았는 줄 알아?"

그녀는 반가움과 서운함에 눈물까지 글썽였다.

"그래도 괜찮아. 이렇게라도 만났으니 말이야. 살아 있어 줘서 고마워. 정말 고마워."

그녀는 다시 장한명에게 뽀뽀 세례를 펼쳤다.

장한명은 당황했다.

"아, 이거… 잠깐… 어허……."

장한명은 황월교는 밀어내려 했지만 그녀는 찰거머리처럼 장한명에게 붙어서 떨어지지 않았다.

장한명은 신궁화에게 도움의 눈빛을 던졌지만, 신궁화는 곱게 웃으며 모른 척했다.

한참이 지나서야 황월교는 장한명에게서 떨어졌다.

비로소 장한명의 시야에 한 사람이 들어왔다.

순박하게 생긴 청년이었다.

검을 차고 있는 것으로 봐서 무림인이 분명했고, 그 기도가 범상치 않아 보였다.

순박한 청년은 황월교를 그림자처럼 따르고 있었고, 황월교의 태도에 순박한 청년도 적잖이 당황하고 있는 눈치였다.

장한명의 시선을 쫓던 황월교는 그제야 순박한 청년의 존재를 의식한 듯 황급히 장한명과 신궁화에게 순박한 청년을 소개했다.

"인사해요. 화산파의 유의종(柳義鍾)이라는 인간입니다."

장한명은 고개를 가볍게 끄덕여 보였다.

"반갑소이다, 유 소협……."

황월교는 이번엔 장한명을 유의종에게 소개했다.

"그리고 이분은 당신이 그렇게 만나고 싶어했던 역천신마

장한명입니다.”

이 소개에 장한명과 신궁화의 안색이 일변했다.

장한명은 황월교가 자신을 역천신마로 생각한 줄은 생각조차 못하고 있었다.

그러나 충격은 유의종이 더 컸다.

무심코 허리를 숙이며 포권의 예를 갖추려 했던 유의종은 허리를 펴지 못했다.

허리를 숙인 채 그만 사색이 되어 굳어져 버린 것이다.

충격은 유의종만 받은 것이 아니었다.

객점 안에서 식사를 하던 무림인들 대부분이 사색이 되어 버렸다.

그들 중 몇은 그 충격과 공포에 젓가락마저 떨어뜨리고 말았다.

사시나무 떨 듯 와들와들 떠는 무림인들도 있었다.

역천신마가 이 객점에 있을 줄이야 어찌 그들이 꿈엔들 짐작이나 했겠는가.

그러나 철부지 황월교는 그런 분위기는 안중에도 없었다.

“안 믿었죠? 역천신마가 내 친구라는 말을. 어디 친구뿐이겠어. 내가 사랑하는 사람이고, 우린 앞으로 혼약을 할 사람이고, 아들 딸 낳고 행복하게 살 사람들이고…….”

그녀는 마치 장한명을 자신의 남편이 될 사람처럼 얘기하고 있었다.

그리고 그것을 부끄럽게 생각하는 것이 아니라 꽤나 자랑스럽게 생각하는 눈치였다.

유의종은 식은땀을 뻘뻘 흘리고 있었다.

유의종은 어색하게 웃으며 머리를 긁적였다.

"헤헤… 황 소저가 날 놀라게 하려고 별 농담을 다 하시는구려. 세상에 말도 안 되는 소리지. 이렇게 착하게 생기신 분이 역천신마라는 게 말이 되오? 나이도 나보다도 어리게 보이는구만."

유의종은 황월교의 말을 농담으로 치부했다.

황월교의 눈초리가 날카롭게 위로 치켜 올라갔다.

"이런 등신이 내 말을 또 믿지 않네."

유의종은 히죽 웃었다.

"내가 바보인가, 그런 말도 안 되는 소리를 믿게."

장한명은 고개를 끄덕였다.

"일단 두 분 앉으시지요. 시장하실 텐데 식사부터……."

황월교는 유의종을 밀어냈다.

"당신은 이제 가봐, 괜히 이 자리에 있다가 봉변당하지 말고."

유의종은 고개를 저었다.

"날 떼어내려고 별 수작을 다 부리시는군. 갈 땐 가더라도 일단 배나 채우고 가겠소."

그리고는 뻔뻔스러운 표정으로 의자를 끌어당겨 털썩 앉

았다.

황월교는 기가 막히다는 표정이었다.

"뭐 이런 뻔뻔한 자식이 다 있어. 내가 좋다고 날 따라다니는 건 네놈 자유지만, 내가 사랑하는 사람에게 무례를 범하는 건 내가 용서할 수 없지. 너 당장 날 따라나와."

"아아, 먹을 땐 개도 안 건드린다는데… 일단 먹고……."

"이런……."

황월교는 유의종의 뻔뻔함에 다시 한 번 질렸다는 표정이었으나, 신궁화가 눈빛으로 그녀의 행동을 제지하자 마지못해 의자를 끌어다 앉을 수밖에 없었다.

한편 객점의 무림인들은 장한명이 역천신마라는 황월교의 말이 농담으로 치부되자 비로소 안도의 한숨을 내쉬며 잠시 멈추었던 식사를 계속하기 시작했다.

황월교도 수다스러웠지만, 화산파 소속이라는 유의종도 만만치는 않았다.

만두 하나를 통째로 입에 집어넣고서도 쉴 새 없이 떠들어댔다.

"난 처음에 황 소저가 맛이 살짝 간 여자인 줄 알았소. 역천신마가 자신의 애인이라고 자랑스럽게 떠들어대니 내가 그런 생각을 하는 건 당연한 게 아니겠소."

침도 튀고 만두도 튀었다.

"그래도 내가 이 정신이 살짝 나간 여자를 제정신으로 돌려놔야겠다는 생각을 하게 되었던 거요. 역천신마가 남의 집 개 이름도 아니고. 천하무림의 공적에다 인성마저 상실한 역천신마를 애인이라고 떠들고 다니는 가엾은 이 여자의 흑기사가 되기로 작정을 한 것이오."

그리고는 장한명에게 속삭이듯 말했다.

"사실 말이 나왔으니 하는 말인데… 황 소저가 맛은 살짝 가긴 했어도 얼굴은 기막히게 예쁘지 않소. 내 이상형이라우. 잘만 고쳐서 쓰면 될 것 같아서…….헤헤……."

황월교는 코웃음을 쳤다.

"놀고 있네, 등신 자식."

유의종은 황월교의 그런 행동까지 예뻐 보이는 모양인지 헤벌쭉 웃어 보였다.

"헤헤, 아무리 봐도 정말 예쁘단 말씀이야."

장한명은 불쑥 한마디를 던졌다.

"황 소저가 정말로 역천신마의 애인이라면 어쩔 생각이오?"

이 말에 유의종은 움찔했다.

장한명이 설마 이런 질문을 던질 줄이야 상상도 못했던 탓이었다.

유의종은 그러나 그다지 심각하게 생각하지는 않는 듯 보였다.

"이렇게 착하고 예쁜 여자가 역천신마 같은 괴물과 어울린

다고 생각하시오? 그건 있을 수도, 있어서도 안 되는 일이
오."

"그래서 어쩔 생각이오?"

"이 예쁜 여자를 역천신마에게서 구원해야 하지 않겠소?
역천신마를 때려잡아야겠지요."

"형씨가?"

"나 혼자서 힘들다면 화산파를 동원해서라도 역천신마를
기어코 때려잡을 생각이오."

유의종의 이 말에 신궁화가 침묵을 깨고 슬그머니 물었
다.

"그러다가 자칫하면 화산 전체가 파멸당하고 공자의 목숨
도 위태로워질 수도 있을 텐데요?"

유의종은 가슴을 쳤다.

"까짓 사나이 한 번 죽지, 어디 두 번 죽기야 하겠소. 인간
유의종은 불의를 보고는 참지 못하는 인간이오. 역천신마를
만나기만 하면 그냥……."

거침없이 이어지던 유의종의 말이 여기에서 끝났다.

객점의 입구에 눈이 부시도록 수려한 한 사람이 나타났기
때문이었다.

그는 바로 백의성군 진유성이었다.

백의성군 진유성의 곁으로는 십여 명의 천의맹도가 따르
고 있었다.

백의성군 진유성이 이 허름한 객점을 찾아 들어서는 것도 객점의 무림인들에겐 충격적인 일이었지만, 백의성군 진유성이 담담히 내뱉은 한마디는 더욱 충격적이었다.

"용기가 대단한 젊은이로군. 역천신마를 앞에 두고 감히 그런 소리를 할 수 있다니 말이지."

유의종을 바라보는 백의성군 진유성의 눈빛은 온유했다.

유의종은 백의성군 진유성의 말을 듣는 순간 먹던 만두를 다 토해냈다.

"꺼어어……."

유의종은 역천신마를 본 적이 없지만, 백의성군 진유성은 본 적이 있었다.

십여 년 전, 열 살을 갓 넘겼을 무렵 사부의 손을 잡고 천의맹을 찾아 백의성군 진유성을 알현한 적이 있었기 때문이다.

아마 객점의 무림인 대부분도 유의종이 백의성군 진유성을 알현했을 그 무렵에 천의맹을 찾아 백의성군 진유성의 모습을 봤을 것이다.

당시 무림인들은 천의맹을 찾아 백의성군 진유성의 모습을 보는 것을 가문의 영광으로 생각할 정도였기에 당시 천의맹은 몰려드는 무림인들로 인해 문전성시를 이뤘었다.

마교를 이 땅에서 몰아내고 난세의 영웅으로 등장한 백의성군 진유성은 무림인들에겐 신앙과 같은 존재였었던 것이다.

　그 후로 꽤 오랜 세월이 흘렀지만 백의성군 진유성의 온유한 모습이 그 기억 속에서 지워졌을 리는 만무했다.

　객점의 무림인들은 경배하듯 백의성군 진유성을 향해 허리를 굽혀 보였고, 유의종도 만두를 토해낸 후 엉거주춤 몸을 일으켜 백의성군 진유성을 향해 깊숙이 허리를 숙여 최대의 예를 갖추었다.

　그리고는 떨리는 음성으로 물었다.

　"역천신마를 앞에 두고 있다 하셨는지요, 성군?"

　백의성군 진유성은 창가 쪽의 자리를 찾아 앉으며 부드럽게 웃었다.

　"바로 자네 앞에 있지 않은가?"

　이 말에 유의종은 물론이거니와 객점의 무림인들의 몸은 뻣뻣하게 굳어졌다.

　이제 이 객점에 역천신마가 있음을 의심하는 사람은 없었다.

　감히 누구의 말이라고 그 말을 의심할 수 있겠는가?

　모든 시선이 말없이 만두를 먹고 있는 장한명에게로 향했다.

　백의성군 진유성의 등장은 장한명은 물론이거니와 미래를 보는 예지력을 갖춘 신궁화로서도 전혀 예상치 못했던 일이었다.

　겉으론 태연을 가장하고 있었지만, 내심으론 긴장하지 않을 수가 없었다.

백의성군 진유성이 우연히 이 객점을 찾은 것 같지는 않았고, 그가 의도적으로 이 객점을 찾았다면 반천팔마신을 동행하지 않았을 리는 만무했다.

반천팔마신의 흔적조차 느껴지지 않았지만, 그들은 분명히 백의성군 진유성 주변을 맴돌고 있을 것이다.

갑자기 객점으로 알 수 없는 팽팽한 긴장감이 밀려들었다.

황월교는 상황이 이렇게 급작스럽게 변하자 당황하는 빛이 역력했다.

백의성군 진유성, 이 살아 있는 전설이며 신화인 인물이 이곳 객점에 나타날 줄을 어찌 그녀가 짐작인들 했겠는가.

그러나 그녀의 당황이 유의종보다 더하겠는가?

유의종은 생각 같아서는 체면 따윈 내팽개치고 당장에라도 객점에서 뛰어나가고 싶은 심정이었다.

유의종은 설마 눈앞의 이 평범한 소년이 역천신마라고는 상상조차 못했다.

백의성군 진유성의 말이 아니었다면 그는 이 평범한 소년이 역천신마라는 말을 젖 먹던 힘까지 다해서 부인했을 것이다.

아니, 부인하고 싶었을 것이다.

유의종의 이마엔 땀방울이 맺히기 시작했다.

그야말로 좌불안석이 아닐 수 없었다.

도망치자니 화산의 얼굴에 먹칠을 하는 것이고, 검을 들고 싸우자니 그건 섶을 지고 불속으로 뛰어드는 것처럼 무모한 도발이라는 것을 왜 그가 모르겠는가.

백의성군 진유성은 찻잔을 들어 가볍게 목을 축이더니 유의종에게 한마디를 넌지시 던졌다.

"화산을 대표하고 천하무림을 대표하여 역천신마를 상대한다면, 자네가 혹시라도 패한다 해도 자네의 이름 석자는 천하에 남기지 않겠는가?"

당황하여 어쩔 줄 몰라하는 유의종의 등을 장한명을 향해 떠미는 말이었다.

유의종은 입술을 깨물었다.

'그래 까짓 사내대장부로 태어나서 이렇게 죽는 것도 명예롭지 않겠는가?

유의종은 흔들리는 마음을 추슬렀다.

그리고는 천천히 검을 뽑아 들고 그 검으로 장한명을 겨냥했다.

백의성군 진유성은 크게 고개를 끄덕였다.

"과연 화산 천검진인(天劍眞人)이 졸부를 키운 것은 아니로군. 자넨 어린 나이에 매화검수라는 명예로운 직위에 올랐으니 역천신마를 단신으로 상대할 충분한 자격을 갖춘 셈일세. 우린 자네를 응원할 테니 두려움을 떨치고 역천신마를 상대하게나. 최선을 다한다면 역천신마를 상대로 자네가 승리하지 못한다는 법은 없네.”

부드럽게 이어지는 백의성군 진유성의 음성은 나직했지만, 유의종에겐 그 어떤 말보다도 더 큰 힘이었다.

유의종은 움츠렸던 어깨를 쭉 펴며 자신감을 되찾았다.

“역천신마, 내 말을 똑똑히 들어라.”

유의종은 만두를 먹고 있는 장한명을 향해 검을 겨눈 채로 당당하게 소리쳤다.

“네놈은 천하무림의 공적! 이 유의종은 화산을 대표하여 네놈에게 도전하고자 한다. 정의의 이름으로 네놈을 심판하고자 하니 각오하라.”

장한명은 물 한 모금을 마시고, 입가를 닦으며 천천히 고개를 들어 유의종을 올려다봤다.

“방금 뭐라고 했나?”

유의종은 주춤 물러서며 소리쳤다.

“네놈을 심판하겠다고 했다, 역천신마!”

장한명은 고개를 끄덕였다.

“심판? 그거 좋지.”

장한명은 시선을 백의성군 진유성에게로 향했다.

“그전에 내가 심판하고 싶은 사람이 있는데 그동안 내 목숨을 살려둘 수는 없겠나?”

그리고 장한명은 천천히 몸을 일으켜 세웠다.

유의종은 흠칫했다.

“무… 무슨 소리?”

장한명은 유의종이 들고 있는 검을 손등으로 조용히 밀어내며 말했다.

“자네가 나를 심판하듯 나도 심판해야 할 사람이 있다는 말일세. 그러니 그동안 내 목숨 자네가 잠시 보관해 두게.”

“잉?”

유의종은 당황했다.

천하의 역천신마가 이렇게 부드럽게 나올 줄은 전혀 예상하지 못했기 때문에 무슨 말을 해야 할지 떠오르지 않았던 것이다.

장한명이 등을 지고 뚜벅뚜벅 걸어가는 광경을 그저 멍하니 바라보고 있을 수밖에는 없었다.

신궁화는 담담히 앉아 있었고, 장한명을 바라보는 황월교의 눈빛은 가늘게 떨렸다.

3

장한명은 천천히 백의성군 진유성을 향해 다가섰다.

백의성군 진유성 주변에 머물던 백의성군 진유성의 열 명의 호법사자는 긴장했다.

호법사자들의 나이는 모두 구십이 넘어 보였다.

그들이 천뇌원 소속인지 천무원 소속인지 장한명으로서는

알 수 없었지만, 그들의 무위가 도도히 흐르는 강물처럼 측량할 수 없을 만치 깊음을 느낄 수는 있었다.

그들은 모두 전대의 고인들이었다.

그들은 장한명이 백의성군 진유성을 향해 다가오고 있음이 확실해지자 느릿하게 장한명의 앞을 막아섰지만, 물러서라는 백의성군 진유성의 한마디에 장한명의 길을 비켜주었다.

장한명은 빙그레 웃어 보인 후, 천천히 의자를 끌어다 백의성군 진유성과 탁자를 마주하고 앉았다.

백의성군 진유성은 전혀 긴장하는 눈치가 아니었다.

그는 여전히 온유함으로 자신을 잘 포장하고 있었다.

백의성군 진유성은 마치 오랜 친구를 대하듯 장한명을 편히 대했다.

"술, 아니면 차?"

백의성군 진유성은 장한명을 향해 부드럽게 물었다.

장한명은 간단히 대답했다.

"차."

"여기 차 한 잔……."

백의성군 진유성은 점원을 향해 나직하면서도 부드러운 음성으로 차를 주문했다.

그리고는 창밖을 잠시 살피다가 입을 열었다.

"날씨도 무림대회를 돕는 거 같군. 봄 날씨처럼 화창하니 말일세."

장한명은 점원이 가져온 찻잔을 들어 입술을 살짝 적신 후 마침내 입을 열었다.

"궁금한 게 있소."

"궁금?"

백의성군 진유성은 갸웃하며 고개를 끄덕였다.

"말하시게나. 뭐든 성심성의껏 대답해 줄 테니."

장한명은 지체없이 물었다.

"당신에겐 부족한 것이 무엇인지?"

백의성군 진유성은 빙그레 웃었다.

"자넨 내가 모든 것을 다 가졌다고 생각하는 모양이로군."

"내가 보기엔 그렇소."

"하긴, 한때는 세상을 한 손에 잡고 호령했던 시절도 있었으니… 사내로선 이루었다면 다 이룬 것일 수도 있겠지. "

"지금은 아니오?"

"말해보게. 지금 내가 가진 것은 무엇인지?"

"여전히 당신은 천하무림의 패주가 아니오?"

"껄껄. 날 천하의 패주로 생각하는 사람은 지금은 없네."

백의성군 진유성은 허탈하게 웃었다.

장한명은 고개를 저었다.

"내가 보기엔 당신은 여전히 천하의 패주요."

백의성군 진유성은 웃음을 그쳤다.

“둘만 없어져 준다면 그럴 수도 있네.”

“둘이라면?”

“마교와 역천신마.”

“풋!”

장한명은 가볍게 웃었다.

이어 장한명은 천천히 창밖을 향해 시선을 던지고는 말했다.

“한때는 난세의 영웅으로 천하무림인들의 존경과 추앙을 한 몸에 받았을 당신이 어쩌다 하오문의 잡배보다 못한 인간이 되었는지…….”

“…….”

이 말에 백의성군 진유성은 태연했으나, 호법사자들의 얼굴이 냉막하게 굳어졌다.

유의종과 객점의 무림인들은 호기심 어린 눈빛으로 백의성군 진유성과 장한명을 바라보다가 장한명의 독설에 흠칫하는 기색이었다.

사실 역천신마와 백의성군 진유성이 한 자리에 앉아 차를 마시고 있는 이 장면은 무림 역사에 기록될 만한 대사건이라고 볼 수 있었다.

그러므로 이 역사적 사건 현장을 눈에 담아두려는 객점의 무림인들은 살을 당기는 팽팽한 긴장을 느끼면서도 객점을 떠날 생각을 하지 못하고 있었다.

객점 무림인들의 시선은 백의성군 진유성의 입술에 모아
진 채 다음 말을 기다렸다.

백의성군 진유성은 조용히 말했다.

"어째서 날 하오문의 잡배라 하는 건가? 그 설명을 들을 수
있겠나?"

장한명은 차 한 모금을 더 마신 후 찻잔을 조용히 내려놓으
며 말했다.

"그건 당신이 더 잘 알고 있지 않소?"

"아니, 난 전혀 알지 못하네."

"혹시 사흘 밤낮을 굶어보신 적이 있으신지?"

장한명이 불쑥 엉뚱한 질문을 던지자 백의성군 진유성은
갸웃하며 대답했다.

"없네."

"난 그렇게 굶어본 적이 많소."

"그래서?"

"그 정도로 굶어봐야 정말로 배고파서 죽겠다는 말을 할
수가 있는 거요."

"알아듣기 쉽게 설명해 줄 수 있겠나?"

"무림 십 년 평화로 무림인들은 할 일이 없어졌고, 일자리
를 잃어버린 무림인들 대부분이 백수 신세로 전락한 것은 당
신도 인정하실 거요."

"물론이다."

“일자리를 잃었으니 그들도 나처럼 사흘 밤낮을 굶기를 다 반사로 했을 거요.”

“음…….”

“그런 그들이 당신을 원망하는 건 당연한 일일 수도 있소.”

“계속하도록…….”

“그들이 차라리 난세를 원하는 것도 당연한 일이 아니겠소?”

“계속…….”

“이해하려고 하면 이해할 수도 있는 문제요. 적어도 당신이라면 말이오.”

“그래서?”

“그런데 당신은 당신을 잠시라도 원망했던 무림인들을 지옥 속으로 끌어넣으려 하고 있소. 당신을 원망했다는 이유 한 가지만으로 말이오.”

이 말에 유의종은 물론이거니와 객점의 무림인들은 흠칫했다.

백의성군 진유성은 입가에 온유한 미소를 머금었다.

“다했나?”

장한명은 고개를 저었다.

“한때 천하무림의 안녕과 평화를 간절히 원했던 당신이었던 만큼, 이쯤에서 물러서는 것이 어떻겠소? 그렇다면 백의성군 진유성이라는 일곱 자는 영원히 영웅으로 기록될 거요.”

"영원히 영웅으로 남을 생각은 없지만……."

백의성군 진유성은 천천히 일어섰다.

"이 땅을 어지럽히는 마교를 파멸시키고, 마찬가지로 이 땅을 피로 물들이는 살인마 역천신마를 제거한 후……."

백의성군 진유성은 잠시 말을 놓고 어깨를 털었다.

"그 후, 백의성군 진유성은 무림을 영원히 떠날 것을 이곳의 모든 사람들 앞에서 겸허히 약속하겠네."

이 말에 객점의 무림인들은 감동했다.

그들은 한결같이 백의성군 진유성을 향해 엄지손가락을 치켜세우며 고개를 끄덕여 보였다.

"날 진정으로 무림에서 떠나보내고 싶다면, 자네부터 사라지는 건 어떻겠나?"

백의성군 진유성은 장한명을 향해 넌지시 물었다.

장한명은 빙그레 웃었다.

"그전에 할 일이 하나 있소."

"할 일이라면?"

"반천팔마신을 제거하는 일이 그것이오. 당신이 도와만 준다면 쉽게 처리될 것 같은데, 도와주시겠소?"

백의성군 진유성은 갸웃했다.

"반천팔마신? 그들이 누구인가?"

"모른다는 거요?"

"모르겠네. 내가 늙은 탓인가?"

장한명은 피식 웃었다.

"당신은 정말 구제불능이로군."

이 한마디를 남기고 장한명은 돌아섰다.

더 이상 말을 이어갈 가치조차도 없다는 판단이 들었던 것이다.

백의성군 진유성은 걸어가는 장한명을 바라보며 말했다.

"이거 어쩌지? 내가 괜한 약속을 한 거 같으니 말일세."

장한명은 멈칫했다.

백의성군 진유성의 말이 그런 장한명의 귓전으로 조용히 흘러들었다.

"마교와 이 땅을 피로 물들이는 역천신마를 제거한 후 무림을 떠나겠다는 약속을 해버렸으니… 아무래도 내가 경솔했던 것 같네."

"……."

"역천신마를 바로 코앞에 두고 역천신마를 제거하지 않는다면 실없는 인간으로 세상의 웃음거리가 되지 않겠나?"

장한명은 비로소 백의성군 진유성이 무엇을 원하는지 짐작을 했다.

"그래서 이 자리에서 역천신마를 제거한다?"

백의성군 진유성은 탄식했다.

"아무래도 그래야 할 것 같으이… 잠시 동안이라도 자네와 함께 차를 나누었던 시간이 아쉽기는 하지만 말일세."

이 말이 떨어지면서 객점은 다시 폭발할 듯한 긴장감에 휩싸였다.

백의성군 진유성은 객점의 무림인들을 돌아보며 말했다.

"역천신마는 대단히 위험한 인물이니 당신들 모두 피하는 게 좋겠소."

"아아……."

이 말에 객점의 무림인들은 갈등했다.

그들은 역사에 길이 남을 역천신마와 백의성군 진유성의 결전을 눈과 머리에 담고 싶은 마음이 간절했다.

그러나 그러기 위해선 자신의 목숨을 버려야 하는 위험을 감수해야 할지도 모른다.

잠시 갈등하던 그들은 결국 객점을 빠져나가기 시작했다.

아무리 간절히 보고 싶은 장면이라고 해도 목숨과는 바꿀 생각이 없었던 것이다.

유의종은 당황했다.

자신도 앞서 객점을 빠져나간 무림인들과 행동을 함께해야 한다고는 생각했지만, 황월교를 두고는 떠날 수가 없었다.

황월교는 신궁화와 나란히 선 채로 떠날 생각을 전혀 하지 않고 있었다.

유의종은 서둘러 말했다.

"저기 황 소저 우리도 이 자리를 피해야……."

황월교는 고개를 저었다.

"당신이나 혼자 떠나. 난 죽어도 이 자리에 남을 테니까."

"그건 정말 대단히 위험한 생각……."

"그게 나와 당신의 차이야."

"무슨?"

"난 백의성군 진유성보다는 장 공자, 아니, 역천신마를 더 믿어."

"헉……!"

"당신으로선 불가능한 일이겠지."

"그, 그건……."

"내가 사랑하는 사람 곁에서, 설령 목숨을 잃는다 해도 절대 후회는 안 해."

"음……."

유의종은 침음했다.

한참을 이리저리 따지고 고심하던 유의종은 결국 객점에 남기로 최종 결단을 내렸다.

사랑하는 사람 곁에서 목숨을 잃는다 해도 절대 후회는 하지 않을 거라는 황월교의 비장한 말이 유의종의 발목에 족쇄를 채운 것이다.

사랑하는 사람을 두고 자신의 한 목숨 지키기 위해 객점을 떠나기는 죽기보다 더 싫었기 때문이다.

그리고 그는 목숨을 내놓고서라도 역천신마와 백의성군 진유성의 한판 대결을 보고 싶었다.

두 사람이 지닌 무공이 과연 어느 정도인지 알고 싶었던 것이다.

화산의 자존심이라고 할 수 있는 매화검수인 자신과 그들의 무공 차이가 도대체 어느 정도인지 그것도 눈으로 확인하고 싶었다.

객점 주인과 점원들마저 떠나 버린 객점 안은 순식간에 텅 비어버린 듯한 느낌이었다.

백의성군 진유성과 열 명의 호법사자들, 그리고 장한명, 신궁화, 황월교, 유의종 등 열다섯 명만이 객점에 남았을 뿐이었다.

그러나 이 정도 인원만으로도 능히 세상을 지배하고도 남을 만큼, 그들이 지닌 능력이 대단하다 해도 과언은 아니었다.

무림의 운명을 결정지을 두 존재라 한들 그 말을 어찌 과언이라 할 수가 있겠는가?

"시작해 볼까……."

백의성군 진유성은 천천히 피리를 꺼내 들었다.

장한명은 흠칫했다.

백의성군 진유성이 반천팔마신을 부르려 한다는 것을 느낀 것이다.

아니, 그것을 느끼는 순간 이미 백의성군 진유성의 마적에서는 피리 소리가 흘러나오고 있었다.

삘리리리…….

장한명은 다급히 신궁화에게 시선을 던졌다.

신궁화 역시 피리를 꺼내 들고 있었다.

백의성군 진유성의 천향섭혼음에 역시 천향섭혼음으로 대응하려는 것이었다.

그러나 바로 그 순간이었다.

쿠우우…….

백의성군 진유성의 호법사자들이 일제히 신궁화에게로 몸을 날렸다.

몸을 날렸다고 느끼는 순간, 호법사자들은 신궁화를 향해 팔소매를 휘저었고, 그 장면을 바라보던 장한명은 흠칫했다.

"비겁하게 암기를……?"

호법사자들은 독랄하기 짝이 없는 암기를 신궁화를 향해 날려던 것이다.

순식간에 암기는 신궁화를 자욱하게 덮어버렸다.

암기에 가려져 신궁화의 모습이 잘 보이지도 않을 정도였다.

"위험하다."

장한명은 암기를 향해 몸을 날렸다.

일단은 암기를 걷어내야 하는 것이 급선무였다.

신궁화의 눈썹 끝이 파르르 경련을 일으켰다.

그녀는 장한명이 자신을 향해 빠르게 다가오는 장면을 보며 탄식했다.

장한명으로서는 당연한 행동이지만, 그런 행동을 신궁화

가 바라던 바는 아니었기 때문이었다.

신궁화는 장한명이 백의성군 진유성을 공격해 주기를 바랐다.

천향섭혼음을 중단시켜야 반천팔마신의 동시 출현을 막을 수가 있었던 것이다.

그러나 지금은 신궁화 자신이 피리를 거두어야 하는 사태로 발전해 버린 것이다.

장한명은 빠르게 암기를 거두어갔다.

마치 암기는 강한 자석에 빨려 들어가듯 그렇게 장한명의 팔소매로 빨려 들어가기 시작했다.

동시에 암기보다 더 빨리 다가가서 신궁화를 안았다.

그리고는 신속하게 다시 몸을 날려 암기를 피했다.

신궁화의 곁에 있었던 황월교 역시 위험에 처한 것은 마찬가지였지만 황월교를 도울 만한 여유가 없었다.

황월교 스스로 난관에서 벗어나길 바라는 수밖에 달리 방법이 없었다.

“이런 비겁한……”

황월교는 치를 떨었다.

소위 정파무림의 태두라는 천의맹의 호법사자들이 이처럼 독랄한 암기를 사용해서 무림인도 아닌 신궁화를 공격할 줄은 상상도 못했던 일이었던 것이다.

황월교는 자신을 향해 다가오는 암기들을 쳐내며 신형을

날렸다.

유의종도 황월교를 그림자처럼 따르며 암기를 쳐냈다.

사실 유의종으로서도 신궁화를 암기로 공격하는 천의맹 호법사자들의 행동을 이해하지 못했다.

세상의 모든 무림인들이 이런 비겁한 짓을 한다 해도 천의맹의 인물들만은 그러지 않을 거라 믿어왔기 때문이었다.

암기는 보통의 암기가 아니었다.

푸른빛이 감도는 것으로 봐선 독이 묻은 암기가 확실했다.

저 암기에 스치는 것만으로도 뼈가 녹고 살이 타들어가는 고통 속에서 죽어가게 될 것이다.

이것은 정파무림인이 할 짓이 아니었다.

그것도 백의성군 진유성의 호법사자들이 할 짓은 더더욱 아니었다.

삘리리리…….

백의성군 진유성의 피리 소리는 이 혼란한 외중을 무시한 채 청아하게 울려 퍼졌다.

순간 신궁화와 함께 암기를 피하던 장한명은 느꼈다.

'반천팔마신…….'

반천팔마신의 기운이 강하게 느껴지기 시작한 것이다.

방향은 객점의 북쪽이었다.

그리고 그들을 느끼는 순간 객점의 북쪽 벽이 터져 나갔다.

쾨쾅!

이어 산산이 터져 나간 객점의 북쪽 벽으로 여덟 줄기의 검은 인영이 거의 동시에 날아들었다.

순간 객점은 소용돌이치는 살기와 마기에 지옥으로 변했다.

단지 그 살기와 마기만으로도 보통 사람은 칠공에서 피를 토하고 절명할 만큼 위력적이었다.

이런 사이한 기운을 생전 처음 접한 유의종은 사색이 될 수밖에 없었다.

그 자신만만하던 눈엔 공포가 깊이 어렸고, 전신은 심하게 떨렸다.

장한명은 여덟 줄기의 인영이 반천팔마신임을 이미 느끼고 있었다.

신궁화는 장한명에게 안긴 채 심어를 보냈다.

[서둘러 이 자리를 피해야 합니다.]

그러나 피할 수 있는 상황이 아니었다.

퇴로는 열 명의 호법사자가 차단하고 있었으며, 그들은 쉴 새 없이 암기를 뿌려댔다.

장한명에게 그것이 위협이 될 수는 없었지만 행동에 큰 제약을 가져왔다.

우선은 암기를 막는 것 외엔 달리 할 일이 없었기 때문이다.

신궁화로 하여금 천향섭혼음을 연주하도록 해서 반천팔마

신의 행동에 제약을 가해야 했지만, 그것조차 끊임없이 날아
드는 암기 때문에 여유가 없었다.

삘리리리리…….

백의성군 진유성의 천향섭혼음은 자유롭게 울렸고, 반천
팔마신은 가공할 속도로 장한명에게 날아들었다.

신궁화는 급히 심어를 다시 날렸다.

[날 내버려 두고 어서 이곳을 피하세요, 공자.]

장한명은 고개를 저으며 전음으로 말했다.

[그럴 수는 없소.]

신궁화는 탄식했다.

[공자께서 저들 모두를 상대할 수는 없습니다. 후일을 도모
해야 합니다.]

[야주는?]

[걱정 마세요. 전 절대 죽지 않습니다. 소녀의 운명은 소녀
가 더 잘 압니다.]

그러나 장한명은 끝내 신궁화를 버리지 못했다.

일단 신궁화를 안전한 곳에 내려놓고서 시선을 돌려 반천
팔마신을 응시했다.

반천팔마신은 코앞으로 다가섰고, 그들의 가공할 합공 또
한 장한명의 코앞까지 다가온 상태였다.

반천팔마신의 공격은 완벽하게 삼백육십방위의 퇴로를 차
단하고 있었다.

마치 천라지망이 떨어지듯 그렇게 반천팔마신의 합공은 장한명에게 떨어졌다.

'피할 수는 없다.'

피할 수가 없다면 정면충돌뿐이다.

장한명의 몸은 생각보다 먼저 반응했다.

콰우우…….

장한명은 반천팔마신을 향해 쌍장을 날렸다.

장한명의 쌍장을 통해서 뿜어져 나온 음유한 기운은 반천 팔마신의 사이한 기운과 충돌했다.

쿠우…….

장한명이 뒤로 휘청하니 꺾였다.

반천팔마신의 합공을 단신으로 감당하기엔 역부족이었던 것이다.

그 힘의 차이가 별로 큰 거 같진 않아 보였지만, 고수들의 싸움에선 미세한 차이만으로도 승부를 결정짓기엔 충분했 다.

쿠우…….

장한명은 사력을 다해 다시 쌍장을 날렸고, 반천팔마신이 뿜어낸 기운과 충돌했다.

최초의 충돌 이후, 순식간에 수백 차례의 교합이 이루어졌 다.

그 충격에 객점은 지진을 만난 듯 뒤흔들리며 요동을 쳤고,

금방이라도 무너져 내릴 듯 위태하게 느껴졌다.

삘리리…….

백의성군 진유성의 천향섭혼음은 격렬한 음률로 변해가기 시작했다.

그때마다 반천팔마신의 공격은 더욱 드세어졌다.

"우욱!"

결국 장한명은 피를 토하며 뒤로 물러섰다.

시간이 흐를수록 상황은 더욱 장한명에게 불리해졌다.

진화에 진화를 거듭했지만, 역시 반천팔마신을 동시에 상대한다는 것은 불가능해 보였다.

반천구마신 가운데 추운이 앞서 제거되지 않았던들, 이 싸움은 장한명의 참혹한 패배로 이미 종결이 되었을지도 모른다.

한편 이 싸움을 지켜보던 유의종은 기가 막혔다.

그동안 스스로 무공에 대한 자부심이 대단했던 유의종이었다.

천하제일의 무공은 아니더라도 천하제일인을 상대로도 능히 백여 초는 견딜 수 있다는 자부심이 그것이었다.

그러나 장한명과 반천팔마신의 결전을 보면서 그가 느낀 것은 아득한 절망이었다.

장한명과 반천팔마신이 전개하고 있는 무공은 그가 듣도 보도 못한 것들뿐이었다.

그리고 그 위력은 상상을 초월했다.

멀리 떨어져서 구경하고 있음에도 불구하고 숨이 막히는 압박을 느낄 정도로 말이다.

전신의 내가진력을 모조리 끌어올려 버티지 않았다면 이미 칠공에서 피를 토하며 죽고 말았으리라.

단지 구경하면서 견디는 것만으로도 이처럼 버거운데, 직접 저들 가운데 한 명을 상대한다면…….

이후는 상상조차 하기 싫었다.

일 초식을 버틸 자신도 없기 때문이다.

한 가지 의문이 강하게 들었다.

역천신마야 세상에 알려진 살인마이지만, 그런 역천신마를 곤경에 몰아넣고 있는 저들 여덟 명은 뭐란 말인가? 비록 팔 대 일의 싸움이긴 해도, 역천신마를 상대로 펼치는 저들의 무공은 인간의 것이 절대 아니었다.

신무학 백팔번뇌에 대해서 들은 기억이 있다.

인간이 만든 무공이지만 그 위력은 인간의 한계를 뛰어넘은 것이라고 말이다.

'그렇다면 저들도 신무학 백팔번뇌를…….'

짐작은 되었지만 확신을 할 수는 없었다.

상황은 유의종의 생각을 끊었다.

피를 토한 후, 장한명은 걷잡을 수 없을 만치 급속하게 무너지고 있었다.

반천팔마신의 공격에 속수무책으로 당하고 있었다.

검붉은 선혈을 쉼없이 토해내고 있었으며, 안색은 핏기를 찾아볼 수 없을 정도로 창백했다.

황월교와 신궁화는 절망하지 않을 수 없었다.

"크크크… 가라."

반천팔마신 가운데 한 명의 입에서 장한명의 최후를 알리는 듯한 귀기 어린 말이 흘러나왔고, 반천팔마신의 공격은 그 말과 동시에 더욱 강력하게 변했다.

쿠우우…….

장한명은 자신을 향해 폭사되어 오고 있는 검은빛을 볼 수 있었다.

'후후…….'

장한명은 허탈하게 웃었다.

몸에서 끊임없이 폭발하며 가공할 내가진기를 형성하던 차갑고 뜨거운 기운이 더 이상 느껴지지 않았던 것이다.

샘의 물이 마른 것이다.

이제 저 가공할 공격을 막을 방법은 없다.

콰앙!

장한명은 전신이 산산이 터져 나가는 충격을 느꼈다.

'끝인가?'

아득한 절망감이 밀려왔다.

그리고 자신의 몸이 한 장의 낙엽처럼 날아감을 느꼈다.

장한명의 이름으로, 역천신마로 힘겹게 살아온 삶이 이제 마감되는 순간이었다.

황월교의 처절한 울부짖음이 희미하게 들려왔다.

바로 그 순간이었다.

장한명은 부드러운 기운 하나가 자신을 받쳐 드는 것을 느꼈다.

향긋한 체향도 느껴졌다.

익숙한 체향이었다.

그것이 끝이었다.

의식을 잃어버린 장한명이 생각하고 느낄 수 있는 것은 더 이상 없었다.

第四章
마지막 진화

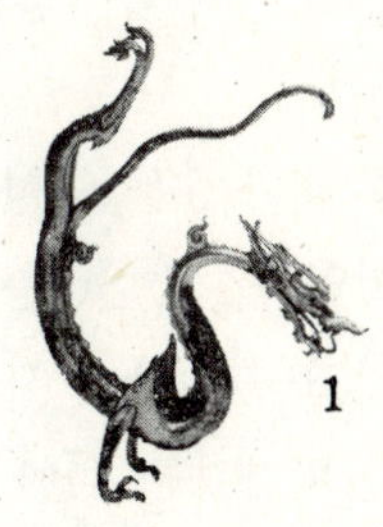

아무도 생각하지 못했던 일이 벌어졌다.

백의성군 진유성도 반천팔마신도 예상치 못했던 일이었
다.

백의성군 진유성을 따르던 호법사자는 물론이거니와 황월
교도 유의종도 짐작조차 못했던 일이었다.

병색이 완연한 그 여인이 죽어가는 역천신마를 안고 연기
처럼 꺼져 버릴 줄을 어찌 상상인들 할 수 있었겠는가.

신궁화였다.

창백한 얼굴로 객점의 한쪽 구석에서 바들바들 떨고 있던
그녀가 장한명을 안고 객점을 빠져나간 것이다.

그녀의 움직임은 상상을 초월할 만큼 빨랐다.

그렇다고 해도 그런 그녀의 움직임을 예상만 하고 있었어도 막았을 것이다.

문제는 아무도 그녀가 무공을 연성한 무림인이라는 사실을 알지 못했다는 점이었다.

그녀가 장한명을 안고 순식간에 사라져 버리자 반천팔마신은 닭 쫓던 개 지붕 쳐다보는 격이 되어버렸고, 백의성군 진유성은 천향섭혼음의 연주를 멈추었다.

표적이 갑자기 사라져 버리자 잠시 공황 상태에 빠져 버린 것이다.

그때를 이용해서 유의종은 황월교의 손을 끌어 슬그머니 객점을 빠져나갔다.

문득 백의성군 진유성의 얼굴에 암운이 깊게 드리워졌다.

그의 몸마저 가늘게 떨기 시작했다.

"그 가공할 최후의 공격을 받고서도 살아남을 수 있을까?"

백의성군 진유성은 고개를 저었다.

"신이 아니고서야 그런 상태에서 생존한다는 것은 불가능하겠지."

백의성군 진유성은 반쯤 넋이 빠진 듯 몽롱한 눈빛으로 중얼거렸다.

"결코 살아남을 수 없을 것이다. 그 계집은 죽은 시체를 들고 튀었을 뿐이다. 암 그렇고말고……."

백의성군 진유성은 확신하듯 힘주어 말했다.

중얼거리던 백의성군 진유성의 모습이 지극히 평온하게 가라앉는 순간이었다.

그러나 그 순간은 아주 짧았다.

백의성군 진유성의 얼굴이 다시금 어두워졌다.

"만에 하나……."

백의성군 진유성은 마적을 소매에 갈무리하고 천천히 몸을 일으켰다.

"만에 하나 놈이 요행히 목숨을 잃지 않는다면……?"

생각이 거기에 이르는 순간 백의성군 진유성은 앞이 캄캄해졌다.

"놈의 최후의 진화가 완성될 수도 있는 것이 아닌가?"

백의성군 진유성은 장한명이 역혈지체라는 특이 체질임을 알고 있었다.

역혈지체라는 특이한 체질 덕분에 진화에 진화를 거듭할 수 있었음 또한 알고 있었다.

물론 그 사실을 근자에 들어서 알게 되었지만, 미리 알지 못하므로 천추의 한을 남길 뻔도 했지만, 최후의 진화가 없는 이상은 반천구마신의 적수는 되지 못할 거라는 확신이 있었다.

그러나 의도한 바는 아니었지만, 반천팔마신의 합공을 받고도 장한명이 목숨을 부지한다면 백의성군 진유성에겐 절망이 될 수밖에 없었다.

"그것만은 막아야 한다."

그리고 확인해야 했다.

"지옥 끝까지라도 추적해서 놈의 죽음을 확인해야 한다."

삘리리리……

천향섭혼음이 다시 울리기 시작했다.

2

객점을 빠져나온 신궁화는 정신없이 몸을 날렸다.

어떻게든 반천팔마신의 추격권에서 빠른 시간 내에 빠져나가야 한다는 생각뿐이었다.

자신의 품에 안긴 장한명은 축 늘어져 있었다.

신궁화가 움직이는 대로 축 늘어진 팔과 다리가 흔들릴 뿐이었다.

의식을 잃은 지는 이미 오래였으며, 몸은 점차 굳어져 가고 있었다.

신궁화는 장한명이 죽음에 가깝게 이르고 있음을 직감했다.

숨결도 온기도 사라져 가고 있었기 때문이다.

반천팔마신의 추격권에서 멀리 도주해야 하지만, 그전에 장한명이 생명을 잃게 될는지도 모른다.

그녀의 마음은 초조해졌다.

'먼저 치료를 해야 한다.'

별다른 치료 방법이 있는 것은 아니었다.

보통의 방법으로 장한명을 치료하기엔 불가능했다.

그럴 만큼 장한명의 몸은 철저히 망가져 있었다.

기대하는 건 진화뿐이었다.

장한명 스스로 진화를 해서 죽음을 벗어나는 길 외엔 달리 방법이 없었다.

진화가 성공하리라는 보장은 없었다.

아니, 그 가능성은 희박했다.

진화를 포기했던 것은 그런 이유 때문이었다.

성공의 가능성이 컸다면, 반천구마신을 뿔뿔이 흩어지게 할 이유가 없었다.

그들의 합공을 받아야 최후의 진화가 가능한 것이기 때문이다.

신궁화뿐만이 아니라 천뇌원주 사마량도 최후의 진화가 성공할 거라는 확신을 하지 못했다.

확신하기엔 반천구마신은 너무 강했다.

그들의 합공을 막는다는 건 상식적으로든 비상식적으로든 불가능한 일이었다.

결국 그 가능성이 희박한 것에 대한 무모한 도전보다는 반천구마신을 일대일로 상대하여 제거해 나가는 쪽으로 가닥을 잡을 수밖에 없다는 결론이 내려졌고, 반천구마신 가운데 한 명을 제거함으로써 그들의 계획은 순조롭게 출발했다.

그러나 천뇌원주 사마량도 신궁화도 반천팔마신의 기습을 전혀 예상하지 못했다.

그것이 실수였다.

미래를 본다고는 하지만 그들도 결국 인간이었던 것이다.

어쨌든 이제 진화를 바랄 수밖에는 다른 수단이 없었다.

진화가 편히 진행 되도록 조용한 장소를 찾는 것이 시급했고, 그 장소는 반천팔마신과 천의맹도들의 눈과 귀에서 벗어나 있어야 한다.

그런 장소를 갑자기 물색하기란 쉬운 일이 아니었다.

신궁화로서도 당황하지 않을 수 없었다.

그녀의 앞을 붉은 눈동자가 가로막기 전까지는 그랬다.

붉은 눈동자의 주인 천뇌원주 사마량은 잠시 신궁화와 장 한명을 살폈다.

특히 붉은 눈동자는 장한명의 몸에서 오래 머물렀다.

머리끝에서부터 발끝까지 훑어 내리던 붉은 눈동자는 서둘러 말했다.

"시간이 없다. 나를 따르도록……."

이어 붉은 눈동자는 빠르게 허공을 날아갔다.

잠시 망설이던 신궁화는 별 수 없이 천뇌원주 사마량을 따라서 몸을 날려갔다.

저 멀리서 천향섭혼음이 들려오고 있었기 때문이다.

삘리리리…….

3

천뇌원주 사마량이 신궁화를 안내한 곳은 소주의 번화가에 있는 객점이었다.

객점은 규모가 상당히 컸으며 수많은 주객들로 만원을 이루고 있었다.

그들 대부분이 무림대회에 참가하기 위해 모여든 무림인들임은 의심의 여지가 없었다.

천뇌원주 사마량은 객점의 지하로 신궁화를 안내했다.

지하는 은밀했으며 복잡한 미로처럼 수많은 지하 통로로 이루어져 있었다.

말없이 천뇌원주 사마량을 따르던 신궁화는 조용히 물었다.

"이곳은 제삼의 천뇌집무헌인가요?"

천뇌원주 사마량의 붉은 눈동자에 희미한 웃음이 떠올랐다.

"객점은 마교의 소주 분타이며, 이곳은 나만이 비밀리에 이용하던 곳이다."

"이 장소를 아는 사람은?"

“두어 명뿐이다.”
“이곳에서 당신께서 하신 일은?”
“미래를 준비했다.”
“미래라면?”
“이 천뇌원주 사마량의 진화.”
“당신만의 연무실인 셈이로군요.”
“그런 셈이다.”
천뇌원주 사마량은 거대한 지하 광장으로 신궁화를 안내했다.
신궁화는 이곳이 천뇌집무헌과 상당히 닮아 있다고 생각하며 조용히 장한명을 평평한 바닥을 골라서 내려놓았다.
장한명의 몸은 뻣뻣하게 굳어져 있었다.
살아 있는 사람의 모습이 아니었다.
“아……!”
그런 장한명을 보며 신궁화는 깊은 탄식을 흘렸다.
금방이라도 눈물을 펑펑 쏟아낼 처연한 표정이었다.
붉은 눈동자는 안개처럼 퍼지며 천뇌원주 사마량의 모습으로 변했다.
천뇌원주 사마량은 잠시 장한명을 살피며 역시 탄식했다.
“진화가 마지막 수단이긴 하지만, 이미 늦은 것일지도 모른다.”
신궁화의 표정은 지독하게 어두워졌다.

“부디 늦은 것이 아니기를 기도할 뿐입니다.”

“놈을 사랑하느냐?”

천뇌원주 사마량은 불쑥 물었다.

신궁화의 눈엔 눈물이 그렁했다.

“이 사람을 위해선 목숨을 내놓고 당신과 싸울 수도 있습니다.”

“사랑한다는 얘기로군.”

천뇌원주 사마량은 고개를 끄덕였다.

“이제 우리의 운명은 놈이 진화를 하느냐 못하느냐에 달렸다.”

“우리는 아닙니다. 이 사람이 진화를 한다면 그것은 절대로 당신을 위해서가 아니기 때문이지요.”

“상관없다. 난 놈이 반천팔마신을 제거하면 그뿐이다.”

“반천팔마신을 제거하고 백의성군 진유성은 물론이거니와 당신 천뇌원주 사마량도 제거될 수도 있다는 사실은 왜 언급하지 않는 거지요?”

신궁화의 말은 얼음처럼 싸늘했다.

천뇌원주 사마량은 빙그레 웃었다.

“우리가 다른 사람하고 다른 점은 미래를 보는 예지력을 타고 태어났다는 사실이다.”

“……”

“미래를 모두 볼 수 없지만, 내 운명 몇 가지는 볼 수 있다고 자부할 수 있다. 언젠가는 이 사마량에게도 최후는 오겠지만, 그 최후는 장한명으로부터 당하는 것은 아니다."

"그것이 확실하다면 장한명이 진화에 실패할 수 있겠군요. 장한명이 진화에 성공한다면 당신의 최후는 당연히 그의 손에 의해 이루어질 테니 말입니다."

"진화의 실패는 내가 바라는 것이 아니다."

"그렇겠지요. 진화의 실패가 가져다줄 비극은 우리 둘만의 문제가 아니라 천하무림의 운명에도 영향을 줄 테니까요."

이렇게 말한 후 신궁화는 장한명을 살피며 물었다.

"이곳 지하가 얼마 동안이나 반천팔마신의 눈을 가려줄까요?"

천뇌원주 사마량은 어둡게 고개를 흔들었다.

"진화가 모두 끝날 때까지 버텨주면 다행이겠지만, 이곳 역시 결코 안전한 장소는 될 수 없다. 이곳 지하를 아는 인물은 많지 않지만, 그리고 그 사실을 알고 있는 인물들의 입은 믿을 만하지만, 문제는 위의 객점이 마교 분타라는 사실은 이미 널리 알려져 있기 때문이다."

"아아……."

"지금 당장은 아니더라도 백의성군 진유성이 이곳에 장한명이 있다는 사실을 조만간에 알아내게 될 것이다."

"그럴 테지요. 장 공자가 반천구마신의 기운을 느끼고 그들이 머문 곳을 찾아냈듯이 말입니다. 그들도 장 공자의 기운을 그렇게 느낄 수 있을 것입니다."

"거의 죽음에 이른 저 상태로는 반천팔마신이 저 아이의 기운을 느끼기는 힘들겠지만, 진화를 하기 시작하면 아주 강렬하게 느낄 것이다. 그리되면 이곳은 그들에게 노출될 수밖에 없겠지."

"그자들이 이곳으로 들이닥치기 전에 진화가 끝나기를 바랄 수밖에요."

그러나 신궁화는 자신이 없었다.

장한명의 상태가 워낙 위중해서 진화란 요원한 일처럼 느껴졌기 때문이었다.

신궁화는 그저 간절히 기도할 뿐이었다.

부디 살아만 남아주기를……

4

무림대회는 이제 이틀 앞으로 다가왔다.

대륙의 무림인들은 소주를 향해 움직이기 시작했다.

무림대회를 이틀 앞에 둔 상태에서도 소주는 몰려든 무림인들로 인해 인산인해를 이루고 있었다.

이런 무림인들 사이로 충격적인 소문이 감돌기 시작했다.

백의성군 진유성이 역천신마와 일전을 치렀으며, 역천신마가 백의성군 진유성에게 패해 거의 죽음에 이른 상태로 도주했다는 것이다.

최초의 격전지는 소주 외곽에 자리한 한 객점이었으며, 그 객점은 백의성군 진유성과 역천신마의 격전으로 파괴되어 사라졌다고 했다.

도주한 역천신마를 백의성군 진유성과 그 수하들이 추적 중에 있다고도 했다.

역천신마는 아직 소주를 벗어나지 못한 것으로 알려져 있으며, 소주 어딘가에 남아 있을 것으로 추정했다.

이런 괴담과 같은 소문에 소주로 몰려든 천하무림인들은 처음엔 반신반의했으나, 소주 전체를 포위하고 있는 천의맹도를 발견하고서 소문이 조작이 아님을 실감했다.

어쨌든 떠도는 소문으로 인해 백의성군 진유성의 가치는 더욱 올라갔다.

천하무림을 공포로 몰아넣고 있는 역천신마를 죽음으로 몰고 간 한 가지 사실만으로도 무림인들을 흥분시키기에 충분했다.

무림인들은 비로소 백의성군 진유성의 가치를 다시 인정하기 시작한 것이다.

평화시대를 거부하고 난세를 반기던 무림인들까지도 백의성군 진유성을 놓고는 엄지손가락을 치켜세울 수밖에 없었다.

이제 소주 어디에서도 백의성군 진유성의 부드러운 미소

는 쉽게 볼 수 있었다.

　백의성군 진유성은 마치 하늘이 내린 성자처럼 소주의 거리를 맨발로 걸으며 이렇게 말했다.

　"무림은 여러분의 것입니다. 여러분이 힘을 모아 무림의 정의를 지켜야 합니다. 무림의 주인은 예전처럼 한 명이 되어서는 안 되며 여러분 모두가 무림의 주인이 되어야 합니다."

　이 겸손한 말에 천하무림인들은 크게 감동했다.

　"마교를 이 땅에서 몰아내고 역천신마를 이 땅에서 몰아내야 합니다. 여러분의 도움 없이는 불가능한 일입니다. 마교와 역천신마가 손을 잡기 전에 우린 역천신마를 제거해야 합니다. 다행히 역천신마는 현재 치명적인 부상을 입은 채 도주 중입니다. 부상 중이라 하지만 누구보다도 위험한 살인마입니다. 무림의 주인인 우리가 힘을 합쳐 놈의 숨통을 확실하게 끊어야 합니다. 도와주세요, 여러분."

　이 말에 천하무림인들은 다시 감동했다.

　그리고 그들은 한 가지 잊고 있었던 사실을 떠올렸다.

　역천신마의 목에 걸린 어마어마한 현상금이 그것이었다.

　소림백팔나한대승이 역천신마에게 개죽음을 당했다는 소문을 듣고서 현상금에 대한 탐욕을 접었던 무림인들이었지만, 역천신마가 치명적인 부상을 당하고 도주하고 있다는 말에 다시 피가 들끓어 오르기 시작한 것이다.

　"놈이 치명적인 부상을 당한 상태라면 두려워해야 할 이유가 없다."

"운이 좋으면 나도 영웅이 되는 거 아닌가, 핫하……."

이렇게 하여 탐욕과 영웅심이 간단히 어우러져 소주 일대를 용광로처럼 들끓어 오르게 했다.

5

이틀의 시간이 지났음에도 불구하고 장한명은 진화의 기미를 보이지 않았다.

"끝났다."

결국 이틀 동안 자리를 뜨지 않고 장한명을 지켜보던 천뇌원주 사마량이 내린 결론이었다.

그러나 신궁화는 그처럼 간단히 장한명을 포기할 수가 없었다.

"고작 이틀이 지났을 뿐입니다. 더 기다리겠습니다."

천뇌원주 사마량은 고개를 저었다.

"이미 죽은 상태다. 백 년을 기다린들 돌아올 수 없는 사람이다."

"이 사람의 운명엔 단명이 없습니다."

"그렇게 단정 짓는 건 너의 오만이다. 우리의 예지력이 완벽한 것은 아니다. 북천신유 그 어른이 그걸 잘 증명하지 않느냐."

“……”

“자신의 운명조차도 그분은 제대로 보지 못했다. 그분이 자신의 운명을 미리 봤다면 어찌 그리 비참한 최후를 맞았을 것이며, 무림의 앞날을 봤다면 무림에 뛰어드는 어리석은 짓은 하지 않으셨을 것이다.”

“……”

“우린 미물에 불과하다. 가장 확실한 것은 예지력이 아니라 현재이다. 강한 자만이 현재에서 살아남을 수가 있는 것이다. 내가 신궁의 성을 버리고 신무학 백팔번뇌를 창안하고자 했던 것도 현재에서 강하고자 함이었다.”

“그래서 얻은 것이 무엇인가요?”

“……”

천뇌원주 사마량은 입을 다물었다.

신궁화는 장한명의 창백한 얼굴을 쓸어내리며 말을 이었다.

“쥐새끼처럼 숨어 지내는 이런 생활을 얻고자 하신 건가요? 당신께서 신궁의 성을 포기하지 않았던들 무림은 물론이거니와 신궁세가의 식솔들이 고통받는 일은 없었을 것입니다.”

“세상은 변할 것이다. 이제 다른 방법을 찾아 어떻게든 반천팔마신을 제거하도록 최선을 다할 것이며, 백의성군 진유성도 제거될 것이다. 그리되면 무림은 우리 신궁세가의 천하가 되겠지. 난 포기하지 않는다. 그러기엔 내가 이곳 무림에 투자한 시간이 너무 많다."

"반천팔마신을 제거한다 해도 또 다른 반천팔마신이 등장하지 말라는 법은 없습니다."

"맞는 말이다. 다시 등장하는 반천팔마신은 나의 살인무기로 탄생될 것이다."

"당신이란 사람의 부질없는 탐욕으로 인해 무림은 언제까지 고통을 받게 될 것인지……."

"더 이상 주저할 시간이 없다."

"무슨 뜻인지요?"

신궁화는 흠칫하며 시선을 천뇌원주 사마량에게 옮겼다.

"이곳을 떠나야 한다는 뜻이다."

"안 됩니다."

"서둘러 이곳을 떠나지 않으면 우린 이곳에서 사장될 수밖에 없다. "

"떠나세요. 소녀는 이곳에 남겠습니다."

"소용없는 짓이다."

"이 사람과 운명을 함께하겠습니다."

이 말에 천뇌원주 사마량은 흠칫했다.

"스스로 목숨이라도 끊겠다는 것이냐?"

신궁화는 처량하게 웃었다.

"이 사람 없는 세상을 혼자 살아나갈 자신이 없습니다."

천뇌원주 사마량은 고개를 끄덕였다.

"너의 결정이 그렇다면 어쩔 수 없지. 이곳의 통로를 모두 폐쇄하도록 하겠다. 누구도 출입할 수 없도록 말이다."

"고맙습니다."

"고마워할 일이 아니라는 것을 잘 알 텐데?"

"그래도 고맙습니다. 지금 제게 중요한 것은 시간을 버는 일이니까요. 통로를 봉쇄된다면 원하는 만큼의 시간을 벌 수 있을 테지요."

결국 천뇌원주 사마량은 신궁화의 마음을 돌릴 수 없음을 알고는 지하 광장을 떠났다.

그리고 지하 광장으로 통하는 모든 통로를 무너뜨려 봉쇄했다.

이제 신궁화와 장한명이 머물고 있는 지하 광장은 말 그대로 지하 무덤이 되고 만 것이다.

둘만이 남겨진 지하 광장은 적막했다.

신궁화는 장한명의 곁에 눕기도 했고, 일어서서 장한명의 주변을 돌기도 했으며, 곁에 앉아 장한명의 몸을 부드럽게 어루만지기도 했다.

장한명의 몸을 어루만질 때마다 자꾸 눈물이 솟아올랐지만, 그녀는 어금니를 깨물며 눈물을 용케 참아냈다.

'정말 죽은 것일까?

믿고 싶지는 않았지만, 현실은 점점 죽은 쪽으로 기울어져 가고 있었다.

장한명의 입술은 푸석하게 타들어가고 있었으며, 온기도 숨결도 전혀 느껴지지 않았다.

언젠가 이와 비슷한 상황에서 장한명을 봤던 적이 있었다.

화운이 죽어가는 장한명을 안고 신궁화를 찾아왔었던 그때의 기억은 아직도 생생했다.

하지만 그때는 지금과는 달랐다.

숨결이 느껴지지 않을 뿐 숨결이 완전히 사라졌던 것은 아니고, 맥이 느껴지지 않았지만 맥이 완전히 끊어졌던 것은 아니었다.

일견하기엔 숨이 끊어진 듯 보였어도 결코 숨이 끊어진 것은 아니었다.

적어도 살아는 있었던 것이다.

그러나 지금은 달랐다.

맥이 끊어졌고, 숨이 끊어졌다.

누가 보더라도 완벽하게 죽은 것이다.

그럼에도 불구하고 신궁화가 장한명을 포기하지 못하는 이유는 하나였다.

신궁화가 보고 있는 미래의 모습에서 장한명은 분명하게 살아 있었기 때문이다.

지금 장한명이 죽은 것이라면 그런 장면은 떠오르지 않았어야 한다.

천뇌원주 사마량의 말대로 자신의 예지력이 완벽하지 않을 수도 있다.

시간이 흐를수록 천뇌원주 사마량의 말이 더욱 크게 뇌리를 울렸다.

그것은 참을 수 없는 불길함이었다.

다시 하루의 시간이 흘러갔다.

지하 밖의 세상은 장한명을 찾고자 난리법석을 떨었지만, 지하 광장은 무덤 속처럼 고요했다.

신궁화는 점점 지쳐 갔다.

광장의 한쪽엔 비상식량이 있었지만 그녀는 며칠이 지나는 동안 물 한 모금 입에 대지 않았다.

식음을 전폐한 그녀는 점점 기력이 탈진되어 갔다.

초췌해진 그녀의 얼굴은 윤기를 잃어갔고, 멍한 눈빛은 초점 없이 장한명을 더듬었다.

장한명의 모습이 흐릿하게 보였다.

마치 아지랑이가 자욱하게 피어오르는 것처럼 장한명의 모습이 눈앞에서 어른거리기만 할 뿐, 선명하게 잡히지 않았다.

'이래서는 안 되는데……'

기운을 내야 한다고 생각했지만, 눈앞의 어른거림은 점점 심해져 갔다.

눈을 비비고 장한명의 모습을 선명하게 잡으려고 안간힘

을 다했지만 소용없는 짓이었다.

시간이 흐를수록 눈꺼풀은 아래로 무겁게 내려앉았다.

졸음이 쏟아지기 시작한 것이다.

억지로 눈꺼풀을 지탱하고는 있었지만, 그녀는 그것이 오래가진 못할 거라는 걸 알고 있었다.

눈꺼풀을 지탱하지 못하면 그녀의 의식 역시도 꺼져 버릴 거라는 것 또한 잘 알고 있었다.

'결국 이렇게 끝나는 건가?

신궁화는 이제 자신이 사력을 다해 잡고 있는 끈을 놓아야 할 때가 되었다고 생각했다.

마지막으로 장한명을 눈 속에 담은 신궁화는 조용히 그의 곁에 누웠다.

손을 내밀어 차갑게 식어 있는 장한명의 손을 꼭 잡았다.

죽어서도 함께하고 싶은 간절한 마음에서였다.

그러던 그녀는 움찔했다.

장한명의 손끝에서 미세한 떨림이 전해져 왔기 때문이었다.

신궁화는 어디서 그런 힘이 솟아올랐는지 튕기듯이 몸을 일으켜 세웠다.

그러나 그녀는 실망했다.

장한명의 어디에서도 더 이상의 움직임은 없었다.

'착각이었던 것일까?

그녀는 그 자리에 맥없이 주저앉고 말았다.

바로 그때였다.

쿵쿵쿵…….

뭔가 울림소리가 들려왔다.

멀리서 들려오는 소리였다.

사람의 말소리도 희미하게 들려왔다.

“맙소사…….”

신궁화는 누군가가 봉쇄한 통로를 파내고 있음을 알아채고는 다시 튕기듯이 몸을 일으켜 세웠다.

최대한 청력을 끌어올려 들려오는 소리의 진원지를 찾아내려 애를 썼다.

상대는 한둘이 아니었다.

수십, 아니, 수백 명이 무너진 통로를 치우고 있는 듯했다.

“아아…….”

신궁화는 절망했다.

저 사람들이 아군일리는 만무했기 때문이다.

적이라면 어찌 저들을 상대할 것인가.

자신은 이미 심하게 지쳐 있었고, 경공 외엔 내놓을 만한 무공조차도 없지 않은가.

‘이래도 저래도 안 되는 건 안 되는 건가?

신궁화는 헝클어진 머리카락을 쓸어올릴 생각조차 하지 않고 푸석하게 웃었다.

그 푸석한 웃음엔 체념이 진하게 배어 있었다.

쿵쿵거리는 소리는 한동안 계속되었고, 결국 봉쇄된 통로가 열린 모양이었다.

웅성거리는 사람들의 소리와 발자국 소리가 지척에서 들리듯 가깝게 들려왔다.

발자국 소리가 지하 광장에 이르면서 눈에 띄게 느려졌다.

문득 창노한 음성이 나직이 들려왔다.

"역천신마가 치명적인 부상을 당한 상태라고는 하지만, 우리 눈으로 그걸 확인하지 못한 이상은 조심하는 게 좋을 거야."

카랑카랑한 음성이 들려왔다.

"놈이 치명적인 부상을 당했다는 소문이 헛소문이 아닌 이상, 놈이 아직까지 살아 있다고 해도 종이호랑이에 지나지 않을 텐데 우리 너무 겁먹고 있는 건 아닌가?"

"만사 신중해서 나쁠 건 없네."

"내가 앞장을 서겠소."

"절대로 경거망동은 말게."

"경거망동한들 뭐 그리 대수겠소? 우리 인원이 얼마인데 딸랑 한 명에게 겁을 집어먹는 데서야 말이 안 되지. 따라 오기나 하셔. 내가 놈의 머리통을 박살 낼 테니."

그리고 잠시 후, 지하 광장으로 흐릿한 불빛이 흘러들기 시작했다.

칠흑의 어둠에 휩싸여 있던 지하 광장이 흘러드는 불빛에 점점 밝아지기 시작했다.

그리고 그 불빛을 따라 어른거리는 그림자들이 있었다.

그림자는 한둘이 아니었다.

족히 백여 명은 넘어 보였다.

그림자들은 조심스럽게 지하광장으로 들어섰다.

그들은 시퍼렇게 날이 선 각종의 무기들로 무장되어 있었으며, 혹시나 역천신마가 갑자기 튀어나오지는 않을까 하는 불안감 때문인지 전신을 가늘게 떨고 있었다.

눈동자는 좌우로 쉴 새 없이 오갔으며, 극도의 공포에 젖어 있었다.

치명적인 부상을 당했다는 소문이 위안이 되어 그나마 온전히 서 있기라도 하는 것이지, 그런 소문이 아니었다면 벌써 오금을 저리며 주저 않고도 남았을 인간들이었다.

그들 중 일부는 횃불로 시야를 밝히고 있었는데… 횃불이 뿌린 불빛은 결국 장한명과 신궁화를 찾아내고야 말았다.

"여기요, 여기! 찾았습니다."

장한명과 신궁화를 최초로 발견한 중년 무사는 공포로 바들바들 떨며 고함을 질러댔다.

"어디, 어디?"

"역천신마가 맞긴 맞는 거야?"

근 백여 명에 가까운 무림인이 거의 동시에 움직였다.

그들의 눈동자가 동시에 장한명과 신궁화 쪽으로 향했다.

그들이 들고 있는 무기에서 뿜어져 나오는 살기도 동시에 장한명과 신궁화에게로 향했다.

그러나 쉽게 그들은 장한명과 신궁화에게도 다가서진 못했다.

장한명을 제거함으로써 그들이 얻는 이득보다는 자칫하면 날아갈 수도 있는 목숨이 아직은 더 귀하게 여겨졌던 모양이었다.

그들은 대단히 조심스러운 눈빛으로 장한명과 신궁화를 살폈다.

장한명의 상태를 확인하면서 점차 그들의 눈빛에서 공포와 두려움이 지워지고 있었다.

신궁화의 상태야 그들의 안중에조차 없었다.

그들에겐 역천신마만이 두려움의 대상일 뿐이었다.

"뭐야, 죽은 거 아냐?"

"그래, 저건 산 사람의 모습이 아니다."

"치명적인 상처를 당했다는 소문이 사실이었군."

"그 상처로 인해서 결국 목숨을 잃은 건가?"

"말로만 그러지 말고 가서 자세히 살펴봅시다."

이 말이 신호이기라도 하듯 백여 명의 무림인은 우르르 앞을 다투어 장한명을 향해 다가섰다.

공포와 두려움이 사라진 그들에겐 거칠 것이 없었다.

순간 신궁화의 입에서 싸늘한 일갈이 터져 나왔다.

"그분의 털끝 하나 건드리면 내 죽어서도 너희들을 용서치 않으리라!"

이 말에 장한명에게 다가서던 무림인들은 주춤했다.

그러나 신궁화를 살피던 그들의 입가에 일제히 조소가 떠올랐다.

"보아하니 너도 곧 죽을 목숨 같은데 죽기를 재촉할 필요야 없지 않을까?"

"후후… 얌전히 죽기를 기다리면 그래도 조금은 더 버틸 수 있을 텐데 말이지."

무림인들은 노골적으로 신궁화를 무시했다.

이어 무림인들은 다시 앞을 다투어 장한명을 살폈다.

상처를 눈으로 살피는 인간도 있었고, 그들 중 용기있는 자들은 옷을 들춰 내 가슴의 상처를 살피기도 했으며, 맥을 짚어보는 인간도 있었다.

그리고 그들이 내린 결론은 하나였다.

"죽었다."

그들은 역천신마의 최후 모습을 보며 안도의 한숨을 내쉬었다.

그리고 동시에 그들은 역천신마의 몸에 걸린 현상금을 뇌리에 떠올렸다.

역천신마가 살아 있든 죽어 있든 그것은 상관없다.

역천신마를 백의성군 진유성의 앞으로 데려가기만 하면 그들이 평생 놀고 먹어도 될 만큼의 엄청난 액수의 현상금이 떨어지는 것이다.

황금 덩어리가 하늘에서 떨어지는 장면을 머릿속에 그리며 그들은 흐뭇하게 웃었다.

그러나 문제는 흐뭇하게 웃는 인간이 자신뿐이 아니라는 것이다.

무려 일백하고도 일곱 인간이 탐욕스런 눈빛을 하고는 흐뭇하게 웃고 있었던 것이다.

그들 중 제법 연륜이 느껴지는 노인이 기름기 가득한 얼굴로 말했다.

"어떻게 하면 좋겠나?"

순간 교활하게 눈동자를 굴리던 중년 사내가 갑자기 앞으로 튀어나가며 다급히 말했다.

"어떻게 하긴! 먼저 줍는 사람이 임자지."

이어 중년 사내는 다짜고짜 장한명을 들어 올려 어깨에 메려는 동작을 취했다.

"끙……."

그러나 너무 서두른 탓이었을까?

장한명은 바닥에 붙어버린 듯 꼼짝도 하지 않았다.

중년 사내의 얼굴은 붉어졌다.

순간 덩치가 제법 큰 청년이 팔뚝을 거두며 나섰다.

"이 양반 어젯밤 무리를 하셨나 보군."

중년 사내를 비웃으며 등장한 청년은 중년 사내와 같은 동작을 취했다.

"어?"

청년은 흠칫했다.

장한명이 꿈적도 하지 않았던 것이다.

힘을 쓰는 일이라면 자신이 있었던 청년은 갸웃했다.

"이상하네."

청년은 다시 힘을 주었다.

이번에도 장한명은 요지부동이었다.

"젠장, 뭐가 이렇게 무거워."

청년은 이번엔 젖 먹던 힘까지 다해 장한명을 들어 올리려 했다.

너무 힘을 쓴 탓인지 온몸의 혈관이 터질 듯 부풀어 올랐다.

이마에선 땀방울이 숏아올랐다.

그러나 청년은 장한명을 들어 올리지 못했다.

"이런… 씨발……."

청년은 포기할 생각이 없는 듯했다.

청년의 입에서 상스런 욕이 튀어나왔다.

청년은 대력패천왕(大力覇天王)이라는 별호로 제법 명망을 쌓아가고 있는 장래가 촉망되는 무림 후기지수였다.

그런 대력패천왕이 시체 하나를 들지 못했으니 이건 개망신 중에서도 상망신이었다.

대력패천왕의 안색은 상한 자존심으로 인해 붉게 물들었다.

"내 이 인간을 그냥……."

대력패천왕은 방천극으로 장한명을 겨냥했다.

상한 자존심을 회복하기 위해 장한명을 토막내기라도 할 기세였다.

누군가가 소리쳤다.

"설마 죽은 사람을 또 죽이겠다는 건 아니겠지?"

대력패천왕은 투덜거렸다.

"젠장, 열 번을 죽이든 당신이 무슨 상관이야?"

이어 그는 다짜고짜 방천극으로 장한명을 내려쳐 갔다.

이를 지켜보던 무림인들은 일제히 미간을 찌푸렸다.

아무리 상대가 역천신마라고 해도 소위 정파 물을 먹고 있는 자가 할 짓은 아니라고 생각한 것이다.

그러나 생각이 그럴 뿐 대력패천왕을 나서서 막는 무림인은 없었다.

신궁화만이 꿈틀거리며 대력패천왕을 막으려 했지만, 그녀는 이내 힘없이 올린 팔을 떨어뜨리고 말았다.

팔 하나를 들어 올릴 힘조차 그녀에겐 남아 있지 않았던 것이다.

퍼억!

대력패천왕의 방천극은 정확하게 장한명의 목을 내려쳤다.

장한명의 목이 잘려져 나가는 참혹한 장면을 차마 볼 수 없었는지 대부분의 무림인들은 고개를 돌려 이 장면을 외면했다.

"이런 쌍!"

대력패천왕이 내지른 이 소리를 듣고서야 그들은 뭔가 일이 잘못 되었음을 깨닫고는 다시 장한명을 향해 급히 시선을 돌렸다.

그런 그들의 눈에 일제히 경악의 빛이 떠올랐다.

대력패천왕은 아예 부들부들 떨며 불신 가득한 눈빛으로 자신의 방천극을 내려다보고 있었다.

방천극은 장한명의 목을 잘라야 했다.

그러나 장한명의 목을 말짱했다.

방천극은 그저 장한명의 목에 올려져 있을 뿐이었다.

"어떻게 이런 일이?"

무림인들은 모두 아연실색했다.

대력패천왕 자신은 창피해서 돌아버릴 지경이었다.

사실 대력패천왕이 사력을 다한 것은 아니었다.

그러나 사력을 다하지 않았어도 단지 그 정도만으로 장한명의 목은 충분히 잘려져 나갔어야 했다.

"좋아. 이번엔 작살내고 만다."

대력패천왕은 손바닥에 침을 뱉고는 방천극을 고쳐 들었다.

쿠우우…….

그리고 이번엔 정말 사력을 다해 장한명의 목을 내리찍었다.

퍼어억!

둔탁한 소리가 지하 광장을 크게 울렸다.

소리만으로 짐작건대 대력패천왕이 젖 먹던 힘까지 다해서 방천극을 내리찍은 것이 분명했다.

"허억!"

그러나 대력패천왕의 입술을 비집고 흘러나온 소리는 신음에 가까웠다.

이를 구경하던 무림인들의 입에서도 경악성이 터져 나왔다.

그들 모두는 자신의 눈을 의심했다.

이번에도 장한명의 목은 멀쩡했다.

날카로운 방천극으로도 미세한 상처조차 내지 못한 것이다.

마침내 대력패천왕은 미쳐 버렸다.

"끄아아아!"

대력패천왕은 방천극으로 장한명을 난도질하기 시작했다.

퍽퍽퍽!

방천극과 장한명의 살이 충돌하며 터져 나오는 소리는 최초엔 둔탁한 소리였다.

그러나 시간이 흐르면서 그 소리는 달라졌다.

캉캉캉!

날카로운 금속성으로 바뀐 것이다.

대력패천왕은 경악하며 뒤로 물러섰다.

마치 단단한 쇳덩어리를 치는 듯한 기분이 들었기 때문이었다.

대력패천왕은 방천극을 들어 그 날을 살폈다.

"이럴 수가……."

방천극의 날을 살피던 대력패천왕은 충격으로 쓰러질 듯 휘청했다.

방천극의 날은 믿을 수 없게도 여기저기 부서져 나간 상태였다.

방천극이 아니라 톱날을 보는 기분이었다.

이를 지켜보던 신궁화의 눈엔 반짝 이채가 떠올랐으나 이내 고개를 저어 그 이채를 지웠다.

이미 숨과 맥이 끊어진 상태에서 장한명이 보이는 불가사의한 현상은 그녀로서도 완벽하게 이해하기는 어려운 장면이었던 것이다.

대력패천왕은 이쯤에서 냉정을 되찾고 물러났어야 했다.

그러나 그는 냉정을 되찾기엔 너무 어렸다.

콰아아…….

대력패천왕은 이가 빠진 방천극으로 최후의 공격을 준비했다.

대력패천왕은 허공으로 치솟아올랐고, 그의 몸이 지하 광장의 높은 천장에 거의 닿을 때 즈음에 그는 신형을 틀어 방향을 아래로 잡았다.

동시에 허공에서 아래로 수직으로 그의 신형은 떨어져 내렸다.

허공으로 솟은 만큼 강한 탄력을 이용해서 그는 장한명을 박살 내려는 움직임을 보이고 있는 것이다.

아주 빠른 속도로 그는 하강을 했고, 그의 방천극은 가공할 속도로 장한명의 가슴을 내려쳤다.

대력패천왕은 이번엔 장한명이 무사할 수가 없을 거라 자신했다.

적어도 그의 방천극이 장한명의 가슴에 닿은 그 순간까지는 말이다.

퉁!

방천극이 장한명의 가슴을 찍는 순간, 대력패천왕은 불길한 느낌을 받았다.

사람의 가슴을 찍은 것이 아니라 굉장한 반탄력을 지닌 고무를 찍은 느낌이 들었기 때문이다.

핑!

하는 소리와 함께 대력패천왕의 방천극은 장한명의 가슴을 찍어내릴 때의 속도보다 몇 배는 빠르게 튕겨져 올랐다.

그렇게 튕겨져 오른 방천극은 대력패천왕의 이마를 찍어갔다.

"크억!"

대력패천왕은 이런 현상을 전혀 예상하지 못했던 터라 그저 비명을 질러댈 뿐 방어를 할 어떤 동작도 취하지 못했다.

예상하고 있었다고 해도 결과는 같았을 것이다.

그만큼 그를 향하는 방천극의 속도는 상상을 초월한 것이었다.

이를 지켜보던 주변의 무림인들은 그저 입만을 쩌억 벌릴 뿐이었다.

그들도 이런 기이한 현상을 상상조차 못했음이 분명했다.

그들의 머릿속엔 대력패천왕의 머리통이 방천극에 의해 수박처럼 터져 나가는 끔찍한 장면이 그려졌다.

그러나 방천극은 대력패천왕의 이마를 찍어버리기 바로 직전에 우뚝 멈추었다.

대력패천왕의 이마에서 흐르는 땀방울이 방천극의 이 빠진 날을 타고 흘러내릴 정도로 방천극은 대력패천왕의 이마에 바짝 밀착이 된 상태였다.

대력패천왕은 혼비백산하여 정신이 하나도 없었다.

그 상태에서 장한명이 천천히 몸을 일으켜 세웠다.

마치 그는 긴 잠에서 깨어나듯 그 행동이 지극히 자연스러웠다.

방금 전까지 숨과 맥이 끊어져 있었던 사람이 보일 수 있는 행동이 아니었다.

신궁화는 장한명이 옷을 털며 몸을 일으키자 하염없이 눈물을 흘려냈다.

어떤 말로도 현재 가슴으로 밀려드는 감동을 표현할 자신이 그녀에겐 없었다.

모두의 시선이 장한명에게로 몰렸다.

그들은 눈에서 지워졌던 공포가 다시 떠올랐다.

아니, 이전의 공포보다도 더한 공포가 떠올랐다.

심지어는 와들와들 몸을 떨며 무기를 떨어뜨리는 사람까지도 있을 정도였다.

그나마 남은 체면이라도 없었다면 걸음아 나 살려라 하고 줄행랑을 치고 싶은 마음이 굴뚝같았지만, 그 알량한 체면을 지키고자 남의 눈치를 보며 억지로 그 자리를 지키고 있는 것뿐이었다.

누군가가 한 사람이 참지 못하고 도주하면 모조리 도주할 판이었다.

장한명은 숙였던 고개를 들어 대력패천왕을 바라봤다.

장한명의 눈빛을 접한 대력패천왕은 움찔했다.

온몸이 차갑게 얼어붙는 듯한 느낌을 받은 대력패천왕은 차라리 혀를 깨물고 죽고 싶을 정도로 극심한 공포에 사로잡혀 있었다.

장한명은 푸석하게 메마른 입술을 열었다.

"가라."

장한명이 흘린 말은 지극히 간단했다.

대력패천왕을 포함한 나머지 무림인들은 흠칫했다.

'가라고?'

'살려주겠다는 건가?'

'천하의 역천신마가?'

'설마 그럴 리가……'

'혹시 다른 의도라도?'

무림인들은 눈빛을 교환하며 고개를 갸웃했다.

그들은 장한명이 대력패천왕을 당연히 죽일 것이라 생각했다.

그건 상대가 희대의 살인마 역천신마였기 때문이다.

치명적인 부상을 당한 상태의 자신을 수없이 방천극으로 잔인하게 내리찍은 상대에 대한 배려는 역천신마의 몫은 절대 아니라고 생각했다.

슈욱!

대력패천왕의 방천극은 강한 흡인력에 빨리듯 뒤로 날아갔고, 장한명은 그 방천극을 가볍게 손으로 잡았다.

장한명은 방천극을 가볍게 돌린 후, 지하 광장의 바닥을 가볍게 찍었다.

순간 방천극은 지하 광장의 암반을 뚫고 뿌리째 사라져 버렸다.

방천극이 바닥으로 파고들어 갔다는 그 흔적조차 남아 있지 않았다.

장한명은 사시나무 떨 듯 무섭게 떨고 있는 대력패천왕의 어깨를 투욱 치며 말했다.

"기운은 함부로 쓰는 게 아니라네."

"으……."

"기운이 뻗쳐 주체할 수가 없는 모양인데, 남는 기운 있으면 날 좀 도와주면 어떻겠나?"

장한명의 이 말에 대력패천왕은 어리둥절한 표정을 지었다.

장한명은 빙그레 웃으며 손을 들어 신궁화를 가리켰다.

"자네 힘이 필요한 분일세."

대력패천왕은 갸웃했다.

"날더러 뭘 어떻게 하라는 것인지요?"

그 지랄 같은 성질 다 어디로 갔는지, 대력패천왕은 고양이 앞의 생쥐처럼 고분고분하기 짝이 없었다.

장한명은 신궁화를 안아서 대력패천왕 앞으로 내밀었다.

"나를 대신해서 이분을 잠시 안고 있으면 되네."

“헉……”

대력패천왕은 엉겁결에 신궁화를 받아 안았다.

그러자 장한명은 느릿하게 공포에 떨고 있는 무림인들을
향해 몸을 돌렸다.

“뭐 구경거리라도 있는 거요?”

장한명의 이 한마디에 무림인들은 뒷걸음질을 치기 시작
했다.

그리고 한 명이 다리야 나 살려라 줄행랑을 치자 나머지도
순식간에 지하 광장에서 사라졌다.

그들에겐 현상금보다는 하나뿐인 목숨이 우선이었다.

6

장한명은 지하 통로를 따라 걸었다.

불빛 한 점 없이 캄캄한 통로였지만, 그 칠흑의 어둠이 장
한명에게 장애가 될 수는 없었다.

장한명은 어둠을 전혀 의식하지 못하고 있었다.

그의 눈엔 어둠 따윈 없었기 때문이다.

그저 환한 빛으로 일렁이는 통로를 그는 걷고 있을 뿐이었
다.

그 뒤로 신궁화를 안은 대력패천왕이 따르고 있었다.

대력패천왕의 얼굴엔 아직도 공포의 그림자가 짙게 드리

워져 있었지만, 그는 신궁화를 내동댕이치고 도주할 엄두조
차 내지 못했다.

그는 심리적으로 심하게 위축된 상태였다.

대력패천왕의 품에 안긴 신궁화는 죽은 상태였던 장한명
의 부활이 도무지 믿기지 않았다.

장한명의 부활은 너무 평범했다.

부활의 기미가 전혀 없는 상태에서 일어났으며, 극적인 것
도 없었다.

그저 한숨 늘어지게 잠을 자고 일어난 사람의 그것과 다를
바가 하나도 없었다.

진화가 된 것인지, 아닌지 그것도 알 도리가 없었다.

그저 죽어 있었다.

진화를 위한 어떤 치열한 반응도 없었다.

그러나 달라진 것은 있었다.

눈빛이 전보다 더 맑고 깊어졌다는 것이 유일한 변화였다.

반천팔마신에게 치명적인 내상을 입고, 며칠 죽어 있었던
사람의 눈빛이 아니었다.

말없이 통로를 걷던 장한명이 문득 걸음을 멈추었다.

장한명이 멈추어 선 통로의 바닥으로 밝은 빛이 스며들고
있었다.

통로의 입구가 이제 지척에 이른 것이다.

흘러드는 밝은 빛을 타고 하나의 검은 그림자가 꿈틀거리

고 있었다.

장한명은 천천히 검은 그림자를 살피며 고개를 끄덕였다.

"종리매……."

반천팔마신 가운데 한 명이다.

종리매는 팔짱을 낀 상태로 통로의 벽에 등을 기대고 조용히 서 있었다.

두 눈은 지그시 감은 상태였다.

장한명은 종리매를 거쳐 좀 더 바깥쪽으로 향했다.

그곳엔 또 하나의 그림자가 어른거리고 있었다.

"신유……."

역시 반천팔마신 가운데 한 명이었다.

신유는 통로의 벽에 기대어 다리 하나는 뻗고 하나는 세운 채 손가락으로 바닥에 뭔가를 그리고 있었다.

그 모습에서 사이한 기운이 끊임없이 솟아났다.

장한명의 시선은 다시 좀 더 바깥쪽으로 향했다.

적어도 다섯 이상의 그림자가 약간의 거리를 둔 채로 어른거리고 있었다.

장한명은 그들을 살핀 후 고개를 끄덕였다.

"반천팔마신이 모조리 등장했군."

이 말은 지하 통로는 반천팔마신에게 완벽하게 차단되었다는 얘기였다.

신궁화를 안고 있는 대력패천왕은 반천팔마신을 차례로

보며 치를 떨었다.

반천팔마신의 몸에서 풍기는 살기와 마기는 그가 보기에도 끔찍한 것이었다.

그들의 몸에서 풍겨지는 기운은 인간의 몸에서 풍겨지는 기운이라고 볼 수 없을 정도로 사이했다.

장한명은 희미하게 흘러드는 천향섭혼음을 느낄 수 있었다.

주변에 백의성군 진유성도 있음을 알 수 있었다.

어쩌면 수많은 무림인들이 통로의 입구에 몰려 있을지도 모르는 일이었다.

"쉽지는 않겠군."

장한명은 표정은 어둡게 가라앉았다.

신궁화는 힘없이 물었다.

"어쩔 생각이지요?"

장한명은 툴툴 웃었다.

"그건 야주께서 더 잘 알지 않소. 지금 여기에서 우리가 할 수 있는 일은 두 가지뿐이라는 것을 말이오."

"……."

"하나는 얌전히 죽기를 바라는 것, 다른 하나는 정면 돌파를 시도하는 것."

"얌전히 죽기를 바라고 앉아 있는 것도 쉬운 일은 아니더군요."

“그럼 정면 돌파?”

“그래요. 어차피 죽을 거라면 시간을 단축하는 것도 괜찮 겠지요.”

신궁화는 희미하게 웃어 보였다.

장한명은 결정한 듯 천천히 통로를 따라 다시 걷기 시작했 다.

그리고 엉거주춤 뒤를 따르고 있는 대력패천왕을 향해 조 용히 말했다.

“그 어떤 위협이 가해져도 저들을 향해 공격을 할 생각은 꿈에도 꾸지 말도록.”

“꿈에도?”

대력패천왕은 갸웃했다.

“그럼 저들이 날 죽이려 한다 해도 얌전히 목을 내밀라는 거요?”

장한명은 간단히 고개를 끄덕였다.

“그래, 그 방법이 좋겠군.”

“헉……”

“공격해 봤자 더 비참하게 죽임을 당할 뿐이니까.”

“이… 이런… 대체 저들이 뭐 하는 작자들이기에……”

“반천팔마신.”

“반천팔마신?”

“신무학 백팔번뇌가 만들어낸 최고의 걸작……”

“시… 신무학……..”

반천팔마신은 들어본 기억이 없지만, 신무학 백팔번뇌라는 말은 들어본 적이 있는 대력패천왕이었다.

인간이 만들어낸 신의 무학. 말도 안 되는 일이라고 웃어넘겼던 대력패천왕이었다.

그런데 그 신무학 백팔번뇌를 연성했다는 자들을 직접 보게 된 것이다.

그것도 한 명이 아닌 여덟 명을 말이다.

“이거 믿어 말어?”

대력패천왕은 반천팔마신을 힐끔 훑어 내리며 극심한 혼란에 휩싸였다.

신무학 백팔번뇌를 연성했다는 자들의 몸에서 한결같이 뿜어져 나오는 저 사이하고 괴이한 기운은 뭔가? 저 끔찍한 살기와 마기는 뭔가?

신무학 백팔번뇌는 인간이 아니라 괴물을 만들어내는 무학이라는 건가?

대력패천왕의 단순한 머리로는 감당이 안 되는 의문이 꼬리에 꼬리를 물었다.

그런 대력패천왕의 시선에 장한명의 비장한 얼굴이 비쳐졌다.

“아까 했던 내 말 명심하도록!”

장한명은 이 한마디를 남기고 빠르게 몸을 날렸다.

대력패천왕은 흠칫했다.

장한명이 움직이는 순간 반천팔마신이라는 자들이 기다렸다는 듯이 일제히 움직였기 때문이었다.

"아아… 빠르다."

대력패천왕은 감탄했다.

장한명의 움직임도, 반천팔마신의 움직임도 인간의 한계를 넘어선 속도를 내고 있었던 것이다.

대력패천왕의 느린 육안으로는 그들의 움직임을 도저히 따라갈 수가 없었다.

그들은 한 줄기 빛이었다.

바라보는 것만으로도 눈이 부실 지경이었다.

문득 반천팔마신 가운데 한 명이 장한명과 위치를 바꾼 상태가 되어 대력패천왕의 앞에 나타났다.

녹안이 섬뜩하게 보이는 소녀였다.

소녀는 튕겨지듯 대력패천왕의 앞에 나타나서는 대력패천왕과 신궁화를 무심한 눈빛으로 바라보다가 그 눈빛에 살기를 띠었다.

대력패천왕은 그 눈빛에서 지옥을 봤다.

녹안의 소녀는 아주 느릿하게 다가왔지만, 대력패천왕은 마치 죽음이 다가오는 듯 공포스러운 느낌을 받고 있었다.

이런 느낌은 처음이었다.

대력패천왕은 주춤 뒤로 물러섰다.

그리고 방천극을 들어 본능적으로 녹안의 소녀를 경계했
다.

신궁화의 음성이 조용히 대력패천왕의 귓전으로 흘러들었
다.

"공격해서는 안 됩니다. 어떤 식의 공격이든 더 빠른 죽음
을 가져올 뿐입니다."

대력패천왕은 흠칫했다.

"그럼 이대로 가만히 서서 뒈지라는 거요?"

신궁화는 고개를 저었다.

"피하세요. 무조건 피하셔야 합니다."

순간 쿠우우우…….

녹안의 소녀는 빛처럼 빠르게 대력패천왕을 향해 다가섰
다.

대력패천왕은 피하려고 했다.

하지만 피할 수가 없었다.

피하기엔 녹안의 소녀가 보이는 움직임이 상상을 초월할
만큼 빨랐다.

대력패천왕은 자신의 죽음을 예감했다.

녹빛으로 빛나는 소녀의 손이 대력패천왕의 목을 잡아왔
다.

역시 피할 수가 없었다.

목이 잡히기 전에 느껴지는 얼음처럼 차가운 기운.

그것은 죽음의 기운이었다.

‘목이 잡히면 죽는다.’

대력패천왕은 아득히 절망했다.

그 절체절명의 순간, 녹안 소녀의 손이 멈칫했다.

쿵!

하는 소리와 함께 녹안 소녀의 몸이 옆으로 출렁했다.

대력패천왕이 흠칫하는 순간, 녹안 소녀의 몸은 옆으로 튕겨 나갔다.

퍽!

녹안 소녀는 통로의 암벽에 충돌했고, 충돌한 그녀의 몸은 반쯤 암벽에 박혀 버렸다.

그 앞으로 바람처럼 장한명이 나타났다.

“녹수(綠琇).”

소녀는 반천팔마신 가운데 한 명이었으며, 이름은 녹수였다.

녹수는 암벽에 박힌 채 쿨룩하며 검붉은 핏덩어리를 토해 냈다.

장한명의 공격에 그녀는 치명적인 부상을 당한 것이 분명했다.

장한명을 향해 나머지 반천칠마신이 빠르게 날아왔다.

그들의 상태도 심상치가 않았다.

움직임이 눈에 띄게 느려졌으며, 안색은 창백했다.

장한명과의 한 차례 짧은 교전으로 그들 역시 내상을 입은 것이 분명했다.

그러나 그들의 몸에서 뿜어져 나오는 살기와 마기는 전보다 더 강하게 폭출되고 있었다.

장한명은 힐끔 그들을 바라보다가 녹수를 응시했다.

"생각을 바꾸었다, 너희들을 모조리 제거하기로."

"쿨룩……."

"무공을 폐지한 상태로 산다는 것은 너희들에겐 죽음보다 더한 고통일 테니까. 온전한 정신으로 살아가기엔 너희들은 너무 많은 죄를 지었다."

"퉤에……."

녹수는 장한명을 향해 핏덩어리를 뱉었다.

동시에 박혔던 그녀의 몸이 튕겨지듯 빠져나오며 장한명을 향해 쏘아졌다.

그러나 그녀의 사력을 다한 공격은 장한명에겐 통하지 않았다.

장한명이 우수가 먼저 그녀의 목을 잡았다.

"끄륵……."

녹수는 목이 잡힌 채 괴이한 신음을 토해냈다.

그러나 그녀의 얼굴 어디에서도 고통의 빛은 없었다.

그녀는 그저 음산하게 웃고 있을 뿐이었다.

"잘 가라."

장한명은 녹수의 목을 잡은 손에 힘을 주었다.

우두둑.

녹수의 목뼈가 부러지는 소리가 소름끼치게 터져 나왔다.

녹수의 칠공으로 핏물이 스며 나왔다.

녹수는 여전히 웃고 있었다.

그 상태에서 녹수의 우수가 뻗어왔다.

녹수의 우수는 장한명의 가슴을 쳤다.

퍽!

그러나 녹수의 손목이 부러져 나갔을 뿐이었다.

이번엔 녹수의 좌수가 장한명의 가슴을 다시 쳤다.

이번에도 녹수의 손목은 무참하게 부러져 나갔다.

그것으로 끝난 것은 아니었다.

허공에 매달려 바둥거리면서도, 목이 부러진 상태에서도 녹수의 공격은 끝나지 않았다.

두 발이 장한명을 향해 날아들었다.

그 광경을 보던 대력패천왕은 토하고 싶은 기분이 들었다.

"이… 인간이 아니다."

죽어도 골백번은 더 죽었어야 하는 상태에서도 공격을 하고 있는 녹수를 보면서 대력패천왕은 치를 떨어야 했다.

그러나 녹수의 공격은 모조리 실패로 돌아갔다.

장한명의 몸은 그녀의 어떤 공격에도 끄덕도 하지 않았다.

오히려 그녀의 양손목과 양발목이 부러져 나갔을 뿐이었다.

우둑!

장한명은 녹수의 목을 잡은 손에 힘을 더 주었다.

그제야 녹수의 얼굴에서 웃음이 사라지기 시작했다.

그리고 살기와 마기로 무장되어 있던 그녀의 눈빛도 흐려지기 시작했다.

그리고 순간이지만 그녀의 눈에 맑은 빛이 떠올랐다.

그녀는 목이 잡힌 상태에서도 말을 했다.

"잘… 했… 어……. 고… 마… 워……."

이것이 그녀가 남긴 마지막 말이었다.

마침내 그녀의 고개가 꺾이고, 움직임 일체를 멈추며 추욱 늘어졌다.

숨을 멈춘 녹수의 표정은 의외로 편안해 보였다.

장한명은 조용히 그녀를 바닥에 내려놓고, 반천칠마신을 향해 몸을 돌렸다.

반천칠마신은 장한명이 녹수를 공격하고 녹수가 숨을 거두는 장면을 참으로 무심하게 바라보고 있었다.

인성을 상실한 마물들이다.

그들에게 동료애 따위가 있을 리는 만무했다.

녹수가 숨을 거두자 비로소 그들은 움직이기 시작했다.

녹수의 피를 본 그들의 얼굴엔 광기가 떠올랐다.

마성이 더욱 폭발하기 시작한 것이다.

쿠우우…….

그들이 한 발자국 움직일 때마다 살기와 마기가 구름처럼 피어올랐다.

장한명은 그런 그들을 바라보며 긴장했다.

이미 한 번 마주쳐 본 그들이었다.

짧은 충돌이었지만, 그들은 여전히 강했다.

그 한 번의 충돌로 장한명은 자신의 변화를 깨달았다.

자신의 내부에서 꿈틀거리며 끊임없이 솟아오르는 힘이 전보다 더욱 강한 것임을 느낀 것이다.

다시 한 번 자신이 진화에 성공했음을 알게 되었지만, 그렇다고 해도 반천칠마신 모두를 상대로 승리할 수 있다는 확신은 들지 않았다.

그만큼 반천칠마신이 뿜어내는 기운은 강했다.

문제는 대력패천왕과 신궁화였다.

반천칠마신에겐 장한명만이 살인의 욕구를 풀 수 있는 대상이 아니었다.

그들은 뜨거운 피가 흐르는 인간이면 누구나 가리지 않고 살해하고 싶어한다.

그러므로 대력패천왕과 신궁화도 그들의 사냥감일 뿐이었다.

지난번 객점에서야 백의성군 진유성이 천향섭혼음을 이용해서 반천팔마신으로 하여금 장한명만을 집중 공격하도록 유도했지만, 지금 상황은 그때와는 달랐다.

　장소가 좁은 통로였고, 백의성군 진유성은 이 상황을 볼 수 없을 테니 그가 반천칠마신을 조종하는 데엔 한계가 있을 것이다.

　다시 말해 표적 지정이 불가능하다는 것이다.

　쿠우…….

　반천칠마신의 움직임이 장한명에게로 집중되지 않고, 대력패천왕에게로 분산되고 있음이 장한명의 우려를 입증하고 있었다.

　장한명이 대력패천왕과 신궁화를 무시한다면 이 싸움은 장한명에게 유리하게 돌아갈 수도 있었다.

　그러나 반대로 장한명이 대력패천왕과 신궁화를 보호하면서 반천칠마신을 상대해야 한다면, 장한명에겐 큰 부담이 될 수밖에 없었다.

　장한명은 결단을 내려야 했다.

　장한명은 대력패천왕에게 전음을 날렸다.

　[내가 길을 낼 테니 바짝 붙어 따르도록.]

　대력패천왕은 말없이 고개를 끄덕였다.

　상황이 심상치 않게 돌아감을 그도 이미 느꼈던 것이다.

　대력패천왕은 천천히 장한명의 뒤로 걸음을 옮겨갔다.

　신궁화의 심어가 장한명에게 흘러들었다.

　[조심하도록 하세요, 공자.]

장한명은 빙그레 웃는 것으로 답을 대신했다.

그리고 장한명은 조용히 반천칠마신을 향해 미끄러져 갔다.

"크크……."

반천칠마신 가운데 두 명이 장한명의 앞을 가로막았다.

종리매와 신유였다.

무표정한 두 사람의 입에선 섬뜩한 괴소가 흘러나왔다.

동시에 두 사람은 좌우 양쪽으로 갈라지며 장한명을 공격해 왔다.

한순간에 수천 번의 변화를 담고 움직이는 그들의 공격은 단순한 것 같아도 복잡한 것이었다.

이전엔 그 변화를 인간의 육안으로 모두 보기란 불가능했다.

장한명조차도 그 변화 가운데 상당수를 놓쳤다.

그런데 지금은 그 변화들이 장한명의 눈에 환하게 비쳐졌다.

마치 새의 날갯짓이 아주 느리게 움직이듯 너무도 선명하게 보이는 것이었다.

저 변화들을 볼 수 있다면 대처는 쉬운 일이다.

장한명은 신유와 종리매의 가공할 공격을 피해 유유히 움직였다.

신유와 종리매의 얼굴에 곤혹스러움이 떠올랐다.

그들은 마치 젓가락 하나로 파리를 잡는 기분이 들었다.

그들이 이런 경험을 했을 리는 만무했다.

신유와 종리매가 쩔쩔매자 나머지 반천오마신이 가세했
다.

쿠우우…….

가공할 암경이 장한명을 향해 밀려들었다.

그러나 장한명을 향해 밀려드는 암경은 장한명이 몸을 비
틀자 빈 허공을 쳤다.

표적이 갑자기 사라져 버린 듯한 느낌에 반천칠마신은 휘
청 중심을 잃었다.

장한명은 그때를 놓치지 않았다.

장한명이 천라지망을 펼치자 그의 몸은 마치 그물처럼 반
천칠마신을 가두기 시작했다.

여기에서 장한명은 놀라운 한 가지 사실을 발견할 수 있었
다.

하나의 주망을 만들어 삼백육십 방위를 완벽하게 차단하
기 위해선 삼천육백 번의 변환 동작이 필요한 것이다.

그리고 그렇게 완성된 주망이 겹쳐지듯 여러 개가 형성이
되면서 천라지망이 만들어지는 것이다.

그러므로 천라지망 하나를 펼치기 위해선 상상도 할 수 없
이 많은 변환 동작이 필요하다.

그것을 불과 몇 호흡 사이에 펼쳐야 하니 본시 인간이 연성

하기엔 불가능한 무공일 수밖에 없었다.

신무학 백팔번뇌의 무공들이 다 그런 식이었다.

그러므로 신무학 백팔번뇌를 연성한 반천구마신이나 장한명이 기존의 무림고수들을 파리 때려잡듯이 간단히 때려잡을 수 있었던 것이다.

신무학 백팔번뇌 가운데 천라지망을 연성했을 뿐인 백팔적혈곤수가 한때 천하무림을 공포로 몰아넣었던 것도 같은 맥락이라고 할 수 있었다.

그런데 현재 장한명이 펼치는 천라지망은 백팔적혈곤수가 펼쳤던 천라지망과는 차원이 달랐다.

이곳 지하 광장에서 며칠의 시간을 죽은 듯이 보냈을 뿐인 장한명은 천라지망을 펼치면서 자신의 변화를 실감했다.

하나의 주망을 만드는 데 사용되는 삼천육백 번의 변식보다 훨씬 많은 변식을 어렵지 않게 펼쳐 낼 수가 있었기 때문이다.

그러므로 장한명이 펼치는 천라지망의 위력은 반천칠마신이 감당할 수 있는 성질의 것이 아니었다.

콰쾅!

통로를 뿌리째 뒤흔드는 굉렬한 폭음이 여러 차례 울렸고, 동시에 신음이 누군가의 입에선가 터져 나왔다.

동시에 반천칠마신이 좌우로 갈라졌다.

반천칠마신 가운데 일부는 벽을 꿰뚫고 들어가 있었고, 일부는 꾸역꾸역 피를 토해내고 있었다.

반면 장한명은 태연했다.

머리카락이 살짝 헝클어진 것 외엔 변화가 없었다.

이것은 장한명에게도 충격이었다.

'내가 도대체 무슨 짓을 한 건가?'

장한명은 자신의 공격에 충격을 받아 고통스러워하는 반천칠마신을 보면서도 이 사실이 믿기지 않았다.

물론 이 점은 신궁화도 마찬가지였다.

장한명은 갈등했다.

여기에서 아예 반천칠마신의 숨통을 모조리 끊어버릴 것인가, 아니면 일단 이 자리를 피하고 볼 것인가 하는 갈등이 그것이었다.

마음만 먹으면 저들 모두를 죽일 수도 있을 것 같았다.

그때 신궁화의 심어가 장한명의 갈등을 정리했다.

[이 싸움은 이제 겨우 시작일 뿐입니다. 저들의 능력도 저게 전부가 아닐 테니 일단은 서둘러 이곳을 빠져나가는 게 좋겠습니다.]

장한명은 내심 고개를 끄덕였다.

그리고는 대력패천왕을 대동하고 통로를 빠져나가기 시작했다.

그리고 바로 그 순간 신궁화의 결정이 옳았음을 실감해야 했다.

우우우…….

지하 통로를 떨어 울리는 엄청난 장소성과 함께 통로의 벽에 박혀 있던 마신들이 튕기듯 튀어나왔고, 피를 꾸역꾸역 토해내던 마신들도 언제 그랬냐는 듯 장소성을 내지르며 가공할 속도로 장한명을 추적해 왔기 때문이었다.

그들의 움직임은 부상당하기 이전보다 빨랐다.

삘리리리…….

그들을 조종하는 백의성군 진유성의 천향섭혼음이 그들의 잠재력을 한꺼번에 끌어내고 있음이 분명했다.

장한명은 대력패천왕의 손목을 잡았고, 그 순간 대력패천왕은 자신의 몸이 붕 허공으로 떠오른 것을 느끼고는 넋을 놓아버렸다.

살이 찢어져 나가는 듯한 통증이 밀려들었기 때문이었다.

장한명이 신형을 날릴 때마다 대력패천왕의 살을 스쳐 가는 바람이 찢고 있었던 것이다.

第五章

풍운만겁(風雲萬劫)

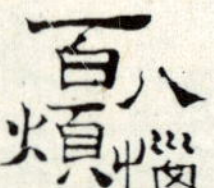

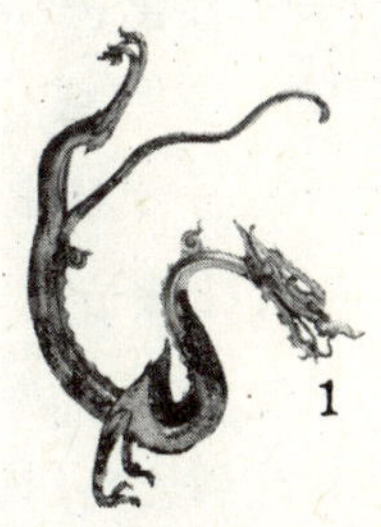

아무리 절망적인 상황에서도 냉정을 잃지 않았던 백의성군 진유성이다.

무림 십 년 평화의 공을 세우고도 천하무림인이 던지는 돌을 맞아야 했을 때도 냉정을 잃지 않았던 백의성군 진유성이었다.

그럴 수 있었던 것은 백의성군 진유성이 평생을 끌어안고 살아가는 그만의 철학이 있었기 때문에 가능했다.

그를 지탱한 철학은 의외로 간단했다.

받으면 받은 만큼 돌려주는 것이 그것이었다.

그는 그 철학에 철저히 순응하며 살아왔다.

지금도 그렇게 살아가고 있는 것이다.

받은 만큼 그저 돌려주고 있을 뿐이다.

무림인들이 십 년 평화를 거부했기 때문에, 십 년 평화를 그의 손으로 직접 거두고 있는 것이다.

무림인들이 난세를 원했기 때문에 그는 난세를 주고자 하는 것이다.

무림인들이 돌을 던졌기 때문에 그도 돌을 던지고 있을 뿐이었다.

받은 것을 원만히 돌려주기 위해선 반천구마신이 필요했을 뿐이다.

그는 천하무림인이 던진 돌을 맞으면서도 냉정을 유지했다.

받은 만큼 돌려줄 자신이 있었기 때문이다.

그러나 지금 한 명의 방해자 때문에 백의성군 진유성의 철학이 뿌리째 흔들리고 있었다.

받은 것을 원만히 돌려주기 위해 절대적으로 필요했던 반천구마신 가운데 두 명을 벌써 잃었고, 나머지 칠마신도 치명적인 내상을 입은 상태였다.

그 내상은 생각보다 심각했다.

"죽일 놈……."

탁자를 치는 백의성군 진유성의 전신은 분노로 와들와들 떨리고 있었다.

탁자는 풍비박산이 되었지만 그것만으로 그의 분을 달래기는 역부족이었다.

백의성군 진유성은 평생 처음 냉정을 잃고 있는 것이다.

그는 붉게 물든 얼굴로 어쩔 줄을 몰라 하고 있었다.

탁자에 이어 거대한 의자도 박살을 내버렸지만, 여전히 들끓어 오르는 울화를 잠재울 수가 없었다.

백의성군 진유성은 자신의 이런 모습을 동경을 통해 바라보며 탄식했다.

"진정해라, 진유성. 아직 끝난 것이 아니질 않느냐. 앞으로 갈 길은 멀다. 벌써 흔들린다면 지난 세월 난세의 영웅으로 당해야 했던 치욕을 되갚아줄 수가 없지 않겠느냐."

백의성군 진유성은 울화를 억누르려는 듯 눈을 지그시 감았다.

그리고 장한명의 모습을 떠올렸다.

객점의 지하로 반천팔마신을 보냈을 때는 장한명을 제거할 확신이 있었기 때문이었다.

치명적인 내상을 입은 상태로 단 며칠 사이에 진화에 성공하는 일이 불가능하리라 믿었기 때문이다.

그러므로 장한명은 독 안의 든 쥐라고 생각했다.

그래도 불안한 뭔가 있어서 천의맹도와 무림대회에 참석하고자 소주에 온 무림인들을 동원해서 객점의 지하를 철저하게 봉쇄했다.

그러나 그 무엇으로도 장한명을 막지는 못했다.

장한명은 그저 한 줄기 바람이었고, 천의맹도들과 무림인 수백여 명은 허수아비에 지나지 않았다.

"불과 며칠 만에 진화에 성공했다는 건가?"

백의성군 진유성의 마음은 무겁게 가라앉았다.

진화에 성공한 것이 확실하다면, 이제 남은 건 한 가지 방법뿐이었다.

백의성군 진유성은 팔소매에서 천천히 마적을 꺼내 들었다.

"기회는 한 번뿐이다. 반천칠마신을 버려서라도 놈을 제거해야 한다."

백의성군 진유성의 표정은 비장했다.

이처럼 위기 의식을 크게 느껴본 적은 없었다.

그리고 그의 인생에 실패란 없었다.

무림 십 년 평화가 지속되면서 천하무림인들의 원성을 듣기는 했지만 그것이 인생의 실패일 수는 없었다.

반대로 실패한 자들의 푸념이라 치부했었다.

"내 인생에 실패란 있을 수 없다."

백의성군 진유성은 자신했다.

장한명이 진화의 끝에 이르렀다고 해도 백의성군 진유성에겐 장한명을 제거할 비장의 무기 한 가지가 남아 있었기 때문이다.

달빛 한 자락이 창문 틈으로 흘러들어 백의성군 진유성의 무거운 어깨에 조용히 내려앉았다.

백의성군 진유성에겐 유난히 길게 느껴지는 밤이었다.

2

태호변에 자리한 모옥(茅屋)의 굴뚝에선 모락모락 연기가 피어오르고 있었다.

밤이 되자 날씨는 제법 쌀쌀해졌고, 대력패천왕은 한기를 느끼는 듯 옷깃을 여미며 장작이 활활 타오르는 아궁이 앞에 앉아 불을 쬐었다.

아궁이에 장작을 밀어 넣던 족히 칠십은 넘어 보이는 노파가 대력패천왕에게 아궁이 앞에 좀 더 가까이 오라는 손짓을 해 보이며 슬쩍 물었다.

"그런데 저 안에 있는 두 양반은 부부요?"

노파의 느닷없는 질문에 대력패천왕은 대답을 어떻게 해야 할지 당황했다.

"부부가 아니오?"

다시 노파가 질문하자 대력패천왕은 간단히 대답했다.

"부부 맞아요, 할머니."

이 말에 노파는 고개를 끄덕였다.

"거참, 안 어울리는 부부일세."

“왜요?”

“여자는 참 예쁘던데, 총각은 너무 평범하게 생겨서 말이야.”

“후후… 그렇게 보였어요?”

“그럼 총각은 아니란 말이우?”

“내일 아침에 다시 보시면 그렇게 생각 안 하실 걸요?”

“엥 그래? 어째서?”

“소문나기를 말입니다. 저 안에 있는 총각이 굉장한 미남으로 소문났어요.”

노파는 흠칫했다.

“누가 미남이라고 그래?”

대력패천왕은 히죽 웃었다.

“글쎄 그게 이상한 것이 유독 여자들이 그러더라 이 말입니다.”

“미친년들… 눈깔들이 삐었군.”

“헉……”

“내가 보기엔 울 손자보다도 못생겼드만.”

“설마요.”

“내 눈엔 총각이 저 안의 총각보다 백배는 낫구만 뭐.”

“정말 그렇게 보이세요?”

“암, 내 눈은 틀림없어.”

“그런데 왜 천하의 미녀들은 눈깔들이 삐었을까요?”

"무슨 소리야?"

노파가 갸웃하자 대력패천왕은 장난스럽게 웃었다.

"저 안의 총각만 보면 세상의 미녀들이 환장한다는 거 아
닙니까?"

"뭐야?"

"물론 소문이 그렇다는 거지요."

"그래서 저 안의 예쁜 아낙이?"

"아마도 그럴 걸요."

"거참 이상한 일일세. 어째서 그럴까?"

"풋… 눈깔이 삐어서 그럴 테지요."

"아참 이런, 내 정신 좀 보게."

노파는 갑자기 일어나 솥뚜껑을 열며 부산을 떨었다.

"앗 뜨거! 이런 다 타겠네. 총각, 이것 좀 들어봐."

노파는 뜨거운 솥뚜껑을 대력패천왕에게 던졌다.

대력패천왕은 엉겁결에 솥뚜껑을 들었고, 따뜻한 느낌이
들자 솥뚜껑을 꼬옥 끌어안았다.

노파는 눈을 크게 떴다.

"안 뜨거워?"

대력패천왕은 고개를 저었다.

"전혀요."

노파는 귀신에 홀린 표정을 지었다.

"거참 신기하네. 그게 좀 뜨거울 텐데 말이지."

다음 순간 대력패천왕의 입에선 비명이 터져 나왔다.

"뜨…… 뜨……."

솥뚜껑만을 생각했지 장작불이 신발을 타고 올라오고 있는 줄은 까맣게 모르고 있었던 것이다.

호들갑을 떨며 불을 끄고 있는 대력패천왕을 보며 노파는 히죽 웃었다.

"거봐. 내 뜨거울 거라고 했는데도 안 뜨겁다고 하더니만, 쯧쯧……."

잠시 후 식사를 준비한 노파는 장한명과 신궁화가 머물고 있는 방으로 허리를 숙이고 들어섰다.

"아구 갑자기 찾아오셔서 찬이 별로 없수."

노파는 저녁상을 내려놓고는 장한명에게 몇 푼을 받아들더니 입이 귀에 걸려서 방문을 닫고 사라졌다.

"드세요."

장한명은 신궁화 앞으로 저녁상을 밀었다.

"부탁해서 죽을 만든 것이니 드셔도 속이 편안할 겁니다."

신궁화는 말이 없었다.

그녀는 감동했다.

목이 메어서 그저 말없이 저녁상을 바라볼 뿐이었다.

"어서……."

장한명이 재촉하자 신궁화는 눈물 그렁한 얼굴로 고개를 끄덕여 보인 후 죽을 떠서 입술을 적셨다.

장한명은 탄식했다.

"죽기를 작정하지 않고서야 그리 오랫동안 물 한 모금 마시지 않고 견디다니……."

신궁화는 곱게 눈을 흘겼다.

"그러니 앞으론 아프지 말아요. 공자가 아프면 나도 아프고, 공자가 잘못되면 나도 잘못되는 것이니까요."

"그, 그건……."

장한명은 누가 아프고 싶어서 아픈 것이냐고 말을 하려다 입을 다물었다.

뭔가 찡한 것이 코끝을 싸하게 만들었기 때문이다.

두 사람은 그렇게 저녁상을 마주하며 서로에게 깊이 감동하고 있었다.

신궁화는 죽을 한 그릇 비우고 나서야 생기를 되찾았다.

얼굴에 화색마저 감돌았다.

노파가 들어와 빈 저녁상을 가지고 사라진 후, 신궁화는 슬그머니 물었다.

"진화에 성공하신 건가요?"

장한명은 난감한 표정을 지어 보였다.

"솔직히 그건 내가 묻고 싶은 말이었소."

"모르신다는 말씀인가요?"

"내가 그 지하에 누워 있었던 것이 사흘이라고 하셨소?"

"그렇습니다. 공자께선 그 사흘 동안 죽어 계셨습니다."

"음……."

장한명은 갸웃했다.

"잠을 좀 오래 잤다는 느낌 외엔 다른 느낌은 전혀 없었소."

"따지고 보면 잠을 자는 것이나 죽음에 이른 상태가 같은 것일지도 모르지요."

"분명한 건 이전의 진화완 전혀 달랐다는 거요."

신궁화는 눈빛을 빛내며 물었다.

"어떤 점이 다르던가요?"

"우선 이전의 진화는 내가 진화하고 있다는 느낌을 분명하게 받았소. 죽음보다 더한 충격과 고통을 느끼면서 진화를 했으니 말이오."

"이번엔 아니란 말씀이지요?"

"내가 정말 진화에 성공한 것이라면 그렇소. 아무런 느낌도 없었소."

"느낌이 없었다고 해도 공자께서 진화에 성공했을 가능성은 큽니다."

"그 점은 나도 인정하오. 반천팔마신과의 대결에서 그걸 느꼈소."

"어떤 느낌을 받았나요?"

"내가 진화하기 이전보다 훨씬 강해졌다는 느낌이오."

"그건 소녀의 눈에도 그렇게 비쳤습니다."

"반천칠마신이 더 이상 두려운 대상은 아니라는 생각이 들었소."

신궁화는 말없이 고개를 끄덕였다.

지하에서의 일전은 반천칠마신의 합공을 장한명이 충분히 받아낼 수 있음을 보여주었다.

그러나 뭔가 찜찜한 구석은 남아 있었다.

장한명이 그녀의 표정을 읽으며 물었다.

"뭐가 또 남아 있는 거요?"

"아, 아닙니다."

신궁화는 급히 고개를 흔들며 밝게 웃어 보였다.

장한명은 몸을 일으켜 세웠다.

"밤이 깊었소. 피곤할 텐데 먼저 주무시지요."

"공자께서는?"

"난 옆방을 빌려서 자겠소."

"아……."

"그럼."

장한명은 가볍게 고개를 숙여 보인 후, 문을 열기 위해 문고리를 잡았다.

그때 신궁화의 나직한 목소리가 장한명을 잡아 세웠다.

"같이 지내면 안 될까요?"

장한명은 흠칫했다.

"같이? 우리 둘이서 말이오?"

신궁화는 맑은 표정으로 고개를 끄덕였다.

"한 방에서 둘이 자는 것이 뭐가 문제가 되지요?"

"그건……."

장한명은 얼굴을 붉혔다.

신궁화는 빙그레 웃었다.

"괜찮아요."

"난 괜찮지 않소, 야주……."

장한명이 웃으면서 말하자 신궁화는 의아한 표정을 지어 보였다.

장한명은 그녀를 향해 짓궂게 웃어 보였다.

"나도 이제 피가 끓는 사내대장부라는 거요, 야주."

"물론 그렇지요."

"아름다운 야주와 함께 한 방에서 머물 자신이 없소."

"사내들이란……."

신궁화는 장한명의 말뜻을 알아채고는 다시 곱게 눈을 흘렸다.

그 모습이 너무 매혹적이라서 장한명은 가슴이 울렁였다.

단전 아랫부분이 뜨거워지는 느낌을 받으며 장한명은 당황했다.

"이런… 이래서 안 된다니까. 내일 아침에 뵙겠습니다, 야주."

장한명은 이 어색함을 애써 외면하기 위해 후다닥 문을 열고는 사라져 버렸다.

혼자 남은 신궁화는 입술을 삐죽이며 피식 웃었다.

"풋! 내가 매력이 없는 건가, 아니면 저 사람이 순진한 건가."

3

"아직 떠나지 않은 거요?"

갑자기 뒤쪽에서 들려오는 장한명의 목소리에 물끄러미 밤하늘을 바라보고 있던 대력패천왕은 기겁을 했다.

하마터면 앞으로 중심을 잃고 넘어져 호수에 빠질 뻔했다.

장한명은 대력패천왕의 손을 잡아 중심을 잡게 한 후 담담히 물었다.

"왜 그렇게 놀라는 거요?"

"아, 그게… 헤헤……."

대력패천왕은 머리를 긁적이며 어색하게 웃었다.

사실 장한명은 그에겐 여전히 역천신마였다.

대충 반나절 동안 같이 있으면서 역천신마가 소문과는 많이 다르다는 생각은 들었지만 그렇다고 완전히 경계를 늦출 수는 없는 일이었다.

장한명은 부드럽게 말했다.

"이젠 떠나셔도 됩니다. 그동안 노고가 많으셨습니다."

대력패천왕은 갸웃했다.

"날 이대로 순순히 보내주시겠다는 건지요?"

순간 장한명은 맑은 웃음을 터뜨렸다.

"하하, 난 형씨를 잡고 있었던 적이 없소. 그러니 형씨는 형씨 갈 길을 가면 되는 거요."

"날 믿는다는 거요?"

"못 믿을 건 없소."

"내 입을 통해 두 분이 머물고 있는 장소가 노출될 수도 있지 않겠소?"

"그건 형씨의 양심 문제요."

"날 죽인다면 간단히 양심을 운운하지 않아도 될 텐데 말이오."

"살인멸구하라는 말씀이오?"

"아… 그런 건 아니지만……."

"그래야 역천신마답다?"

"솔직히 그렇소."

순간 슈욱! 하고 장한명의 손이 대력패천왕의 목을 움켜잡았다.

꽉 움켜잡은 것은 아니지만 대력패천왕은 사색이 되고 말았다.

장한명은 빙그레 웃었다.

"이렇게 말이오?"

"으……."

대력패천왕은 신음하며 고개를 끄덕여 보였다.

"후회하지 않겠소?"

"으……."

대력패천왕은 식은땀만을 뻘뻘 흘릴 뿐 입을 열어 대답하지는 못했다.

장한명은 대력패천왕의 목을 잡았던 손을 풀었다.

그리고 물었다.

"혹시 살인을 해본 적이 있소?"

대력패천왕은 장한명이 손을 풀자 안도의 한숨을 내쉬며 고개를 끄덕였다.

장한명은 다시 물었다.

"몇 사람이나 죽인 거요?"

대력패천왕은 별 생각 없이 대답했다.

"비적들 서너 놈을 때려잡았고… 사소한 시비 끝에 두 사람 정도를 실수로 죽였고……."

"……."

"다 합치면 대충 열 명쯤 되는 거 같소."

"당신이 먼저 공격한 거요. 아니면 공격을 당한 거요?"

"그게… 내가 성질이 좀 급해서……."

"당신이 먼저 공격해서 살인을 저지른 것이로군."

"쩝! 그렇소."

"난 꽤 많은 살인을 했지만, 내가 원해서 먼저 공격을 하고 살인을 한 적은 별로 없소."

"서, 설마……."

"상대가 먼저 나를 공격하지 않는 이상, 내가 먼저 상대를 공격해서 죽여야 할 이유가 없었소."

"하지만 소문은……."

"그 소문이 역천신마를 만든 거요."

"음… 도대체 누가 무슨 이유로?"

"그건 머지않아 세상에 밝혀질 거요."

"음……."

"물론 내가 역천신마인 상태로 죽게 되면 영원히 역천신마라는 오명으로 남게 되겠지만……."

대력패천왕은 문득 떠오르는 생각이 있었다.

"혹시 아까 객점의 지하에서 우리를 공격했던 그 괴물들하고 무슨 연관이라도……?"

장한명은 빙그레 웃었다.

"지금 진실을 말한다 해도 형씨는 믿지 않을 거요."

"어째서 그렇게 확신하는 거요?"

"언젠가 누군가가 내게 이런 말을 하더군요."

"무슨?"

"이 땅에 난세를 일으킨 원흉이 천의맹주라고."

"엥? 백의성군 진유성 그분이 난세를?"

대력패천왕은 말도 안 된다는 표정을 지어 보였다.

장한명은 피식 웃었다.

"역시 내 말을 믿지 못하는군."

대력패천왕은 어색하게 웃었다.

"말이 되는 소리를 하셔야 믿을 텐데……."

"이제 할 말은 다 한 거 같소. 형씨가 이곳에 있어서 좋을 건 하나도 없소. 역천신마와 행동을 함께하고 있다는 소문이라도 난다면 형씨는 물론 형씨 소속 문파 전체가 파멸될 거요."

"으음!"

대력패천왕은 침음했다.

장한명의 말이 끔찍하긴 했어도 그렇게 될 가능성은 충분했다.

자신이야 개죽음당해도 아까울 건 없지만, 자신으로 인해 소속 문파 전체가 파멸당한다면 그건 죽어서도 눈을 감지 못할 일이었다.

장한명은 재촉했다.

"서둘러 이곳을 떠나도록 하시오. 이곳도 곧 발각이 될 테니 말이오."

"음……."

대력패천왕은 망설였다.

그러나 자신의 소속 문파 전체가 파멸당할 수도 있다는 말에 그는 마음이 흔들렸다.

그러나 그의 입에서 나온 말은 엉뚱했다.

"까짓 성질 한 번 고쳐 보겠습니다."

"성질?"

"솔직히 성질머리가 지랄 같아서 고치려고 노력을 많이 했지만 타고난 천성이 그런지 도무지 고쳐지지가 않더군요. 오늘 같은 경우도 방천극으로 죽은 역천신마를 그리 내려칠 일이 아니었는데……. 쩝……."

"하하, 솔직히 그건 좀 심했소."

"그 덕분에 하마터면 저승 구경도 할 뻔했고……."

"죽일 생각은 전혀 없었소."

"소문대로 역천신마가 살인마였다면 꼼짝없이 죽은 목숨이었으니, 솔직히 난 오늘 죽은 것이나 진배가 없습니다. 성질 한 번 잘못 부려 그 지경까지 가게 된 것이지요."

"그래서요?"

"간신히 목숨을 건진 후 이런 생각이 들었습니다. 역천신마와 평생을 함께하면 성질 부릴 일이 없지 않을까 하는……."

"어째서?"

"젠장, 내가 미쳤수? 죽을 짓을 또 하게."

"푸핫……!"

장한명은 허리가 뒤로 꺾일 만큼 크게 웃었다.

대력패천왕은 머리를 긁적이며 겸연쩍게 웃었고, 한참을 그렇게 웃던 장한명은 웃음을 뚝 그치며 물었다.

"그럼 형씨 문파는?"

"그게 좀 고민되긴 하는데……."

"아까 말했소. 당신으로 인해 당신 소속 문파가 파멸당할 수도 있다고 말이오."

"그전에 역천신마가 살인마가 아님이 밝혀지길 기도하는 수밖에요. 그러리라 믿습니다."

"허어……."

"절 받아주십시오, 주인!"

대력패천왕은 철퍼덕 장한명의 앞에 무릎을 꿇었다.

장한명의 눈이 커졌다.

"주인?"

대력패천왕은 힘주어 말했다.

"받아만 주신다면 평생 충성을 다 하겠습니다."

장한명은 기가 막힌다는 표정으로 말했다.

"세상에 역천신마의 종복이 되겠다고 자청하는 미친 인간이 다 있다니……."

"미친놈이라고 손가락질을 받아도 상관없습니다. 그저 받아만 주십시오."

"거절하겠소."

"주인을 모시기에 소인이 많이 부족한 겁니까?"

“그게 아니라 솔직히 형씨를 평생 먹여 살릴 자신이 없소.”

“어째서?”

“덩치를 보아하니 웬만큼 먹여서는 형씨 배를 채울 수 없을 거 같아서……”

“컥!”

대력패천왕은 벌떡 몸을 일으켜 세웠다.

“소인이 주인님을 먹여 살리면 되지 않겠습니까. 소인을 받아주신 것으로 알겠습니다. 고맙습니다, 주인님!”

“어어……”

대력패천왕은 연신 장한명을 향해 머리가 땅에 닿도록 절을 올렸다.

삼생에 걸쳐 도무지 이루어질 수 없는 기이한 인연 하나가 이렇게 맺어졌다.

밤하늘엔 만월이 휘영청 떠 있었고, 태호는 은빛으로 아름답게 빛나고 있었다.

4

하늘도 무림대회를 돕는 듯 날씨는 지극히 화창하고 포근했다.

이른 아침부터 무림대회 장소인 만평대로 몰려든 무림인들은 그 수를 헤아릴 수 없을 정도였다.

만평대에 세워진 목대 주변은 그야말로 인산인해였다.

정파무림의 대소문파들은 거의 다 운집한 듯 보였다.

구파일방의 장문인과 방장은 위엄 가득한 모습으로 귀빈석을 빛내고 있었으며, 그 주변 상석은 전대 고인들과 무림명숙들로 채워져 있었다.

무림을 움직이는 정파무림의 실세들은 거의 참석했다고 해도 과언은 아니었다.

마지막으로 무림대회의 주최자인 천의맹주 백의성군 진유성이 호법사자들을 이끌고 당당히 등장했다.

더 이상의 천의맹도는 보이지 않았다.

천의맹을 대표하여 불과 십여 명으로 무림대회에 참석한 것이다.

그러나 그것만으로도 충분했다.

"와아……."

백의성군 진유성의 등장과 함께 만평대가 떠나갈 듯 우렁차게 터져 나오는 함성은 과거 백의성군 진유성에게 던져졌던 온갖 비난들을 일축했다.

또다시 무림인들이 백의성군 진유성에게 열광하기 시작한 것이다.

그들이 백의성군 진유성에게 열광하는 건 마교로 인한 난세 때문은 아니었다.

그들은 난세를 오히려 환영했다.

그들이 열광하는 건 순전히 역천신마 때문인 것이다.

역천신마에 의해 소림백팔나한대승이 참혹하게 살해를 당하면서, 그들은 소림의 불행이 남의 일만은 아닐 수도 있다는 위기의식에 사로잡히게 되었고, 그 위기의식은 차츰 공포와 전율로 바뀌게 되었다.

오죽하면 정사무림이 한시적으로라도 공조를 이루어 역천신마를 반드시 제거해야 한다고 한 목소리로 외쳤겠는가.

그러나 정사무림의 공조는 현실적으로 어려운 일이었다.

때문에 역천신마를 제거하기 위해선 천하제일인 백의성군 진유성의 도움이 절실했다.

백의성군 진유성만이 역천신마를 제압할 수 있을 거라는 공감대는 달면 삼키고 쓰면 뱉는 무림의 생리와 맞물려 누가 시킨 것이 아님에도 불구하고 백의성군 진유성을 향한 열광으로 자연스럽게 이어진 것이다.

이제 정파무림인에겐 백의성군 진유성은 희망이요, 빛이었다.

"백의성군 진유성!"

무림대회에 운집한 무림인은 한 목소리로 소리 높여 백의성군 진유성이라는 일곱 글자를 외쳤다.

백의성군 진유성은 이런 상황에서도 겸허했다.

그는 온유한 표정으로 무림인들을 향해 허리 굽혀 공손하게 예를 갖추었다.

그런 백의성군 진유성을 바라보며 무림인들은 그의 겸허함에 또 한 번 감동했다.

백의성군 진유성은 목대의 단상에 올라 무림인을 향해 부드러운 목소리를 흘려내기 시작했다.

"오늘은 여러분의 날이며, 이 시간은 여러분의 시간입니다. 저는 여러분을 공경하며 여러분과 함께 이 순간을 공유하도록 하겠습니다. 저는 그저 보통 사람에 지나지 않으며, 여러분이야말로 무림의 희망이며 빛입니다."

백의성군 진유성의 음성은 마치 오랜 가뭄 끝에 내린 단비처럼 무림인들의 가슴을 촉촉이 적시고 있었다.

무림인들은 감동으로 몸을 떨었으며, 과거 한때 자신이 저 온유하고 자비로운 사내를 향해 돌을 던졌었다는 사실에 한탄했다.

"그리고 여러분이야말로 무림의 생명이며, 주인입니다. 이 땅은 현재 치열한 난세입니다. 여러분이 주인의식을 가지고 난세 평정에 나서지 않는다면, 이 땅은 마교천하가 되든 역천신마의 천하가 되든 지옥으로 변하게 될 것입니다."

백의성군 진유성의 말에 무림인들의 밝았던 표정은 금방 침울해졌다.

백의성군 진유성이 쏟아내는 말에 무림인들은 절대적으로 공감했다.

"지나친 평화도 우리에겐 독이 될 수 있지만, 지나친 난세는 우리에게 더 지독한 독이 될 수 있습니다. 정의가 사라진 세상은 결국 지옥일 수밖에 없습니다. 우린 그런 최악의 상태만은 막아야 합니다. 우리의 후세를 위해서도 그들이 건강하게 자랄 수 있는 토양을 만들어야 하지 않겠습니까?"

이 말에 무림인들은 환호했다.

여기저기서 '옳소!' 라는 말이 튀어나왔고, 그들이 치는 박수 소리와 북소리는 만평대를 뒤흔들었다.

"마교도 마교이지만 우리에게 역천신마가 더 큰 골칫거리입니다. 소림백팔나한대승을 간단하게 제거할 정도로 그자가 지닌 무공은 인간의 한계를 초월한 경지에 이르러 있고, 그런 그가 인성을 상실한 상태로 피와 죽음을 찾아 무림을 떠돈다면……."

백의성군 진유성은 말끝을 흐렸다.

다음 말이야 굳이 할 필요도 없었다.

이미 무림인들의 얼굴엔 백의성군 진유성이 원하는 만큼의 공포와 두려움이 떠올라 있었기 때문이다.

백의성군 진유성의 말은 담담히 이어졌다.

"이제 우리가 나서야 할 때입니다. 우리가 힘을 모아 역천신마를 이 땅에서 몰아내야 합니다. 더 이상의 방관은 우리에게, 그리고 우리의 가족들에게 피와 죽음을 가져다줄 뿐입니다."

이에 무림인들은 다시 환호했다.

누군가가 소리쳤다.

"역천신마만을 전담하는 척사대를 조직합시다! 그래서 역천신마를 빠른 시간 내에 제거하도록 합시다!"

"좋은 생각입니다. 척사대의 결성을 찬성합니다!"

"척사대장에 백의성군 진유성 맹주를 추대하는 바입니다!"

"추대합니다!"

"추대합니다!"

척사대의 결성은 일사천리로 진행이 되었다.

각 문파가 척사대에 동참하기로 서약을 했고, 척사대장은 백의성군 진유성이 맡기로 만장일치 찬성을 얻어냈다.

그러나 백의성군 진유성은 고개를 저었다.

"여러 가지로 미진한 제가 척사대장을 맡는다는 건 어불성설입니다. 저와 천의맹은 뒤에서 후원하는 것으로 만족하겠습니다."

백의성군 진유성은 정중히 척사대장의 자리를 고사했다.

그리고 한마디를 덧붙였다.

"그리고 한 가지를 제안합니다. 오늘 이 자리에 참석한 분 가운데 척사대장에 뜻이 있는 분들을 추대해서 간단히 무림 대회를 치르고, 대회 우승자에게 척사대장을 맡기는 것이 어떻겠습니까?"

백의성군 진유성의 정중한 고사에 당혹해하던 무림인들은

곧이어 그가 내민 제안에 고개를 끄덕였다.

일리가 있는 제안이었기 때문이다.

제안대로 치러질 무림대회는 형식적이 될 공산이 컸다.

척사대장이 되기 위한 치열한 혈전이 있을 턱이 없었고, 대충 무림 지명도가 높은 명숙 가운데 한 사람이 척사대장이 될 것임은 뻔했다.

백의성군 진유성이 척사대장을 마다하고 뒤로 한 걸음 물러선 것이 아쉽기는 했지만, 누가 척사대장이 되든 그게 중요한 것은 아니다.

어쨌든 역천신마만 제거하면 그뿐인 것이다.

이렇게 하여 역사적인 무림대회는 척사대장을 선출하는 데에 목적을 두고 그 서막을 활짝 열었다.

여기저기서 자파의 수뇌를 척사대장 후보로 추대하기 시작했고, 분위기는 뜨겁게 달아오르기 시작했다.

이제 목대의 단상에서 백의성군 진유성이 할 일은 없었다.

무림인들의 환호를 받으며 백의성군 진유성이 막 목대에서 내려오려는 바로 그 순간이었다.

"천하무림을 속이는 일에 아주 재미가 들리셨군."

갑자기 돌풍이 휘몰아치듯 목대의 주변을 크게 때리며 들려온 이 소리에 백의성군 진유성은 조용히 걸음을 멈추었고, 척사대장을 추대하기 위해 열을 올리고 있던 무림인들은 흠칫했다.

목소리는 멀리서 들려오는 듯했고, 바로 코앞에서 들리는 듯도 했다.

동쪽에서 들리는 듯도 했고, 북쪽에서 들리는 듯도 했다.

그러나 바람처럼 허공을 떠도는 목소리를 듣지 못한 무림인은 없었다.

목소리는 나직했으나 무림인들에겐 천둥처럼 크게 들렸다.

그 신비의 목소리가 다시 들렸다.

"도대체 얼마나 많은 사람들을 속이고서야 그 가증스러운 탈을 벗어낼지 모르겠군. 그 인면수심에 속은 사람들도 한심하긴 마찬가지이지만."

백의성군 진유성의 얼굴은 미미하게 굳어졌다.

무림인들은 영문을 몰라 어리둥절한 표정이었다.

다시 신비의 목소리는 이어졌다.

"백의성군 진유성! 그가 천하무림을 난세로 이끌고 지옥으로 만들어가고 있다는 사실을 아는 자가 과연 몇이나 되는가? 양의 탈을 쓴 백의성군 진유성이 마교를 부활시키도록 지시했고, 역천신마를 탄생시켰다는 사실을 아는 자는 또 몇인가?"

이 말에 무림인들의 얼굴은 굳어졌다.

그러나 그 말을 믿는 사람은 맹세코 한 사람도 없었다.

여기저기서 폭소가 터져 나왔다.

배꼽을 잡는 자들도 눈에 띄었다.

"푸핫하… 말도 안 되는 소리!"

"킬킬… 도대체 어떤 인간이 위대한 백의성군 진유성을 모함한단 말인가?"

"백의성군 진유성이 마교를 부활시키도록 지시했다니……!"

"백의성군 진유성이 천하무림을 지옥으로 만들어가고 있다는 말이 난 더 우습다, 낄낄낄……."

"역천신마를 탄생시켰다고? 푸하하하……. 아이고 배꼽이 다 아프려고 하네."

웃음을 참지 못하고 바닥에 대굴대굴 구르면서 눈물, 콧물까지 흘리는 자들도 있었다.

그러든 말든 신비한 목소리는 다시 들려왔다.

"천하무림이 지옥이 되든 말든 난 그런 것엔 관심이 없다. 난 그저 진실을 말하고 싶을 뿐이며, 진실을 밝히고 싶을 뿐이다. 저 인면수심의 인간으로 인해 얼마나 많은 사람들이 무고하고 죽어갔으며, 무고하게 죽어갈지 말하고 싶을 뿐이다."

이 말에 무림인들의 시선이 한 곳으로 모아졌다.

마침내 그들은 신비의 목소리가 들려온 방향을 찾아낸 것이다.

아니, 신비의 목소리가 비로소 자신을 드러내고 있었던 것이다.

　방향은 목대의 정면 쪽이었다.

　거리는 목대와 백여 장가량 떨어진 곳이었다.

　그곳에 세 사람이 느릿한 걸음으로 목대를 향해 걸어오고 있었다.

　그들은 바로 장한명과 신궁화, 그리고 대력패천왕이었다.

　무림인들의 모든 시선이 자신에게로 집중되는 것을 느끼면서도 장한명은 담담했다.

　그리고 태연하게 말을 이어갔다.

　"나 장한명은 지난 이 년의 세월을 천의맹의 지하 연무장에서 보냈으며, 그 연무장엔 나 말고도 일천여 명의 소년, 소녀가 짐승처럼 사육되고 있었다."

　그리고 장한명은 신무학 백팔번뇌의 탄생과 천뇌집무헌의 탄생, 그리고 반천구마신의 탄생 경위를 차분한 어조로 말했다.

　또한 반천구마신에게 처참하게 죽어간 일천여 시험자에게 대한 언급도 빠뜨리지 않았다.

　천뇌집무헌을 빠져나와 역천신마가 되기까지의 과정도 소상하게 얘기했다.

　무림인들은 최초엔 무슨 개소리냐 하는 반응이었지만, 차츰 장한명의 말에 몰두하기 시작했다.

　신빙성은 없었지만 재미는 있었던 것이다.

그러나 장한명이 역천신마라는 말에 무림인들은 기절초풍
했다.

장한명은 그런 무림인들을 바라보며 빙그레 웃었다.

"겁먹을 거 없소. 난 당신들에겐 눈곱만큼의 관심도 없으
니까."

그러나 장한명의 이 말을 믿는 무림인들은 없었다.

누가 시킨 것도 아님에도 불구하고 무림인들은 일제히 무
기를 꺼내서 장한명을 겨냥했다.

무림인들의 얼굴에선 점차 공포와 두려움이 지워지고 있
었다.

상대가 스스로 역천신마임을 밝히긴 했지만, 외모에서 풍
기는 인상은 그저 평범했다.

그 모습에선 그 어떤 위협도 느끼지 못했다.

그리고 역천신마를 따르는 인물은 고작 둘이다. 역천신마
까지 합쳐 겨우 셋인 것이다.

자신들은 일천이 넘는 인원이다.

그 일천여 무림인이 결코 오합지졸은 아니었다.

개개인이 일기당천이며, 그들이 합친 힘은 개인이 감당할
수 있는 힘은 결코 아니었다.

역천신마라고 해도 자신들 일천 모두를 상대할 수 없다는
생각이 들자 더 이상의 두려움도 공포도 없었다.

게다가 그들의 뒤엔 위대한 백의성군 진유성이 도사리고

있지 않은가?

그들은 믿었다.

백의성군 진유성 혼자만으로도 역천신마를 제압할 수 있다고 말이다.

두려움과 공포가 사라지자 무림들은 장한명이 역천신마라는 사실까지도 잊었는지 장한명의 주변으로 기세등등하게 몰려들었다.

당장에라도 공격할 태세였다.

그들을 보며 장한명은 입맛을 다셨다.

“쩝… 이거 안 먹히는데…….”

신궁화가 빙그레 웃었다.

“거봐요. 내가 전혀 통하지 않을 거라 말씀드렸구만 고집을 피우시더니…….”

대력패천왕이 히죽 웃었다.

“제가 무림인들을 설득하는 것이 더 나을 뻔했습니다요, 주인. 이거보다는 반응이 좋았을 텐데…….”

“끙…….”

장한명은 앓는 소리를 내며 머리를 긁적였다.

“이거야 어떻게 수습을 해야 할지 정말 난감해지는군.”

대력패천왕은 어깨에 힘을 주며 말했다.

“지금이라도 제가 나서볼까요?”

장한명은 미간을 살짝 찌푸렸다.

"지금 나서면 그야말로 개죽음당할 텐데, 그래도 나서고
싶다면 할 수 없고."

대력패천왕은 어색하게 웃으며 한 발 뒤로 물러섰다.

"헤헤… 농담도 못합니까요."

장한명은 정색했다.

"이왕지사 칼을 뽑아 들었으니 무라도 잘라봐야지."

이어 자신을 향해 슬금슬금 다가서고 있는 무림인들을 지
그시 바라보며 말했다.

"입이 아프도록 진실을 말했음에도 불구하고 내 말을 믿지
않는다면, 알아듣도록 그 아둔한 머리통들을 뜯어고칠 수밖
에……."

그러나 이 말에도 무림인들은 별 반응을 보이지 않았다.

오히려 당장에라도 달려들어 물어뜯을 기세였다.

무림인들 가운데 적발노인이 장한명을 비웃었다.

"그래서 어쩌라고? 순순히 네놈에게 머리통을 내밀라는 말
은 아니겠지?"

장한명의 시선이 적발의 노인에게 천천히 옮겨졌다.

"그건 너무 느려."

"느려?"

"이게 더 빨라."

장한명의 이 말이 떨어지는 순간 퍽! 하는 소리와 함께 적
발 노인의 머리통이 더욱 붉어졌다.

정말로 적발노인의 머리통이 박살이 난 것이다.

이에 무림인들은 경악했다.

그들은 장한명의 움직임을 보지 못했다.

장한명은 그 자리에 가만히 서 있었을 뿐이고, 적발노인 스스로 자신의 머리통을 부순 것만 같은 착시현상이 느껴졌을 뿐이었다.

장한명에게 몰려들던 무림인들의 눈에 잠시 사라졌었던 공포가 다시 떠올랐다.

그도 그럴 수밖에 없는 것이 적발노인이 그리 쉽게 당해서는 안 되는 인물이었기 때문이다.

적발노인은 벽력도(霹靂刀)로 불리는 전대의 고인이었던 것이다.

워낙이 성격이 괴팍해서 그를 좋아하는 사람은 별로 없었지만, 그가 지닌 무공만큼은 나름대로 독보적인 경지에 올라 있어 대놓고 그의 괴팍한 성격을 무시하는 사람이 없을 정도였다.

그런 그가 비명조차도 지르지 못하고 머리통이 박살난 채 개죽음을 당한 것이다.

그러므로 이것은 무림인들에게 충격 그 자체였다.

역천신마에게 바짝 접근해 있던 무림인들은 혼비백산해서 똥오줌 못 가리며 뒤로 물러섰다.

들고 있던 무기마저 챙기지 못하고 줄행랑 친 무림인들이

쬐 되는지 그들이 물러나고 난 텅 빈 공간엔 온갖 종류의 무기들이 즐비하게 떨어져 있었다.

장한명은 미간을 살짝 찌푸린 채로 자신의 행동에 불만을 나타내고 있는 신궁화의 눈치를 살피며 어색하게 웃었다.

"분위기가 워낙 삭막해서 이럴 수밖에 없었소, 야주."

신궁화라고 해서 어찌 그것을 모를 리가 있겠는가.

"알고 있어요. 어쩔 수 없는 살인이었다는 것도. 그러지 않았다면 우리가 계획했던 모든 것이 수포로 돌아갈 수밖에 없는 상황이었으니까요. 어쩔 수 없는 살인이었음을 알고 있으면서도 이렇게 밖에 할 수 없다는 것이 답답하고 서글프네요."

"……."

"어째서 진실은 외면당하고, 위선이 판을 치는 세상이 되었는지……."

"더 이상 피를 보지 않기를 바랄 뿐이오."

장한명은 목대를 향해 천천히 무거운 발걸음을 옮겨갔다.

장한명이 다가올 때마다 무림인들은 주춤주춤 뒤로 물러섰다.

한쪽에서는 그들끼리 발에 걸려 넘어지고 엎어지는 보기 흉한 장면마저 연출이 되고 있었다.

최초엔 많은 수의 인원이 위로가 되었지만, 지금은 오히려 방해가 될 뿐이었다.

벽력도의 갑작스러운 죽음이 주는 여파는 그만큼 컸다.

더 이상 장한명의 앞을 가로막는 무림인이 없을 정도였다.

무림인들은 썰물처럼 좌우 양쪽으로 갈라지며 장한명에게 길을 내주고 말았다.

바로 그때 귀빈석에 앉아 있던 소림장문인 대현선승(大玄仙僧)이 무림인들을 향해 일갈했다.

"척사대를 결성하자던 그 뜨거운 열기가 벌써 식어버린 것이오?"

이 말에 뒤로 물러서던 무림들은 주춤했다.

대현선승의 추상같은 비난은 이어졌다.

"힘을 모아 역천신마를 이 땅에 몰아내자던 서약은 그저 허세였던 것이오? 역천신마는 고작 한 명이오. 백 명, 천 명이 아닐진대 도대체 뭐가 그리 두려운 것이오? 목숨 그리 아까우면 서약을 하지 말든지 아니면 목숨 버리고 싸울 각오로 달려들든지."

대현선승의 말에 무림인들은 얼굴을 붉혔다.

쥐구멍이라도 있으면 숨고 싶은 심정이었다.

그들은 마음을 추스르고 다시 무기를 힘주어 잡았다.

그리고 장한명을 향해 비장한 표정으로 걸어갔다.

그들이 함께 움직이자 먼지가 구름처럼 피어올랐다.

다시 두려움은 사라졌고, 하면 된다는 자신감이 생겼다.

장한명은 무림인들이 다시 앞을 막아서자 탄식했다.

“난 당신들에겐 볼일없소. 그러니 당신들은 비켜서시오.”

그러나 대현선승의 말에 자극을 받은 무림인들이 쉽사리 물러설 리는 만무했다.

“당신들도 알다시피 백의성군 진유성만이 날 제압할 수 있소. 그런 백의성군 진유성이 저 앞에 있소. 당신들이 굳이 나서지 않아도 당신들이 믿는 백의성군 진유성이 이 역천신마를 제압할 것이오. 그리고 그러기를 백의성군 진유성도 바라고 있을 거요.”

이 말에 무림인들은 주춤했다.

장한명의 말에 일리가 있기 때문이었다.

정파무림의 희망이며 빛인 백의성군 진유성의 능력이라면 역천신마를 제압하고도 남는다.

역천신마가 그것을 알면서도 백의성군 진유성에게 가고자 하는 건 스스로 무덤을 파는 행위와 다를 바가 없다.

무림인들이 자신의 말에 흔들리는 표정을 짓자 장한명은 빙그레 웃었다.

“맹세하겠소. 백의성군 진유성을 상대로 난 그 어떤 암수도 사용하지 않을 것이며, 오로지 정정당당히 그와 겨루겠소. 내 능력이 부족해서 비참히 죽임을 당하는 한이 있어도 비겁하게 도주는 하지 않겠소. 오늘은 당신들의 위대한 성군이 역천신마를 제거하는 역사적인 날이 될 것이며, 당신들은 그저 그 장면을 구경만 하면 되는 거요.”

이 말이 결정적이었다.

무림인들은 다시 썰물처럼 좌우로 갈라졌다.

소림장문인 대현선승도 무림인들의 행동을 더 이상 저지할 명분을 찾지 못했다.

백의성군 진유성은 이 땅의 살아 있는 신이다.

그에게 살인마 역천신마를 제거할 수 있는 기회를 주는 것도 나쁘진 않을 것 같다는 생각이 들었다.

그것이 어쩌면 살아 있는 신에 대한 예우인지도 모른다.

무림인들 모두가 같은 생각을 했다.

그리고 그들이 양쪽으로 물러서자 장한명과 백의성군 진유성 사이에는 일직선의 길이 만들어졌다.

그 길을 따라 장한명은 걸었다.

백의성군 진유성은 태연했다.

그는 이 상황에서도 흔들리지 않고 온유하게 웃고 있을 뿐이었다.

장한명은 걸으면서 담담히 말했다.

“당신들이 알고 있는 백의성군 진유성은 당신들이 상상한 것 이상으로 강한 힘을 지니고 있소. 그가 지닌 능력도 놀라운 것이지만 그는 세상에서 가장 완벽한 살인무기를 일곱이나 거느리고 있으니 말이오.”

무림인들 가운데 장한명의 말을 귀담아듣고 있는 사람은

몇 되지 않았다.

　신빙성이 전혀 없는 장한명의 말이 그들의 귀에 들어올리는 만무했다.

　그러나 그들이 듣는 말든 장한명의 말은 계속이 되었다.

　"그 살인무기는 애초엔 반천구마신이었으나 지금은 반천칠마신이 되었소. 신무학 백팔번뇌를 극성으로 연성한 그들은 인성을 상실한 마물이긴 해도, 백의성군 진유성에겐 순한 양일 뿐이오."

　이 말에도 무림인들의 반응은 시큰둥했다.

　"당신들의 위대한 신인 백의성군 진유성이 그들 반천칠마신만 잘 이용한다면, 역천신마는 물론 마교까지도 간단하게 장악하게 될 거요. 물론 마음만 먹는다면 과거 자신을 비난했던 무림인들을 모조리 제거할 수도 있고 말이오."

　"……"

　"당신들 가운데에선 백의성군 진유성을 비난했던 인물들이 없기를 바랄 뿐이오."

　"……"

　"여기까지가 내가 알고 있는 백의성군 진유성이오."

　쉬지 않고 말을 하고 있는 장한명과 백의성군 진유성의 거리는 점점 더 좁혀지고 있었다.

　백의성군 진유성은 뒷짐을 진 채 지극히 여유로운 표정으로 먼 하늘에 시선을 두고 있었다.

그 모습은 대단히 유유자적해 보였으며 탈속해 보이기까지 했다.

일부의 무림인들은 역천신마를 앞에 두고도 탈속한 여유를 보이고 있는 백의성군 진유성을 바라보며 탄복했다.

백의성군 진유성만이 가질 수 있는 여유라는 생각이 들었다.

장한명은 신궁화와 대력패천왕을 목대 아래에 머물도록 한 후 단신으로 목대 위로 훌쩍 올라섰다.

백의성군 진유성과 장한명이 마주 보고 있는 거리는 이제 불과 십여 장.

이 시대 최고의 성군과 이 시대 최고의 살인마가 불과 십여 장의 거리를 두고 같은 하늘 아래 마주 선 것이다.

두 사람이 목대에 함께 선 것만으로도 목대는 터질 듯이 꽉 찬 느낌이었다.

잠시 목대 위에서 무림인들을 내려다보던 장한명은 다시 입을 열었다.

"이제 당신들이 알고 있는 백의성군 진유성에 대해서 말해 봅시다. 십 년 전 난세의 무림에 홀연히 나타나 불과 한 달이라는 짧은 시간에 이 땅을 피로 물들였던 마교를 몰아내고 천하무림에 평화의 뿌리를 깊숙이 심었던 난세의 영웅이 당신들이 알고 있는 백의성군 진유성이오. 무림 십 년 평화가 당신들 무림인들을 실업자로 전락시키면서 이 난세의 영웅은 당신들 무림인들로부터 한때 비난을 받기도 했지만, 백의성군 진유성은 그 비난까지도 묵묵히 감수한 그야말로 이 시대의 진정한 영웅이오."

무림인들은 고개를 끄덕였다.

장한명은 최초로 그들 무림인들이 공감하는 말을 한 것이다.

장한명은 빙그레 웃으며 말을 이었다.

"그는 무공은 물론 인품까지도 천하제일이며, 살아 있는 전설이며 신화요. 희대의 살인마 역천신마가 십여 장 거리까지 다가왔음에도 불구하고 그가 보이는 여유는 당신들이 탄복하고도 남을 정도요."

무림인들은 다시 고개를 끄덕였다.

장한명도 느릿하게 백의성군 진유성을 향해 걸어가기 시작했다.

두 사람의 거리는 좀 더 좁혀지고 있었다.

"역천신마와 일대일의 대결에서 그가 비겁하게 암수를 사용할 리는 없으며, 꽁지를 말고 도망갈 리도 없소. 왜냐하면 그는 당신들의 영웅이기 때문에 당신들의 자존심에 상처를 입히는 짓 따위를 할 리가 없소."

백의성군 진유성의 눈빛이 미세하게 흔들렸다.

그러나 그 흔들림은 나타날 때보다 더욱 빨리 사라졌다.

다시 온유한 눈빛을 되찾은 백의성군 진유성은 오랜 침묵을 깨고 입을 열었다.

"묻자, 아이야. 너는 어느 쪽의 백의성군 진유성을 원하는 것이냐? 네가 아는 백의성군 진유성이더냐, 아니면 이곳에 모인 무림인들이 알고 있는 백의성군 진유성이더냐?"

이제 백의성군 진유성과 장한명의 거리는 불과 오 장가량이었다.

장한명은 백의성군 진유성의 숨결을 느끼며 빙그레 웃었다.

"당연히 내가 알고 있는 인면수심의 백의성군 진유성이 아니겠소."

백의성군 진유성은 갸웃했다.

"그럼 당연히 반천칠마신을 불러 너를 제거하려 들겠군."

"틀림없이 그럴 거요."

"이유는?"

"무림인들이 보고 있는 가운데 당신이 꽁지를 말고 줄행랑을 칠 수는 없는 일이 아니겠소."

"허허……."

백의성군 진유성은 실소를 흘렸다.

이어 자신을 기대의 눈빛으로 바라보고 있는 무림인들을 조용히 쓸어보며 말했다.

"나를 이길 자신 있느냐?"

장한명은 고개를 저었다.

"아니, 당신을 이길 자신은 없소."

"자신이 없다? 뜻밖의 대답이로군."

"제가 어찌 천하제일인을 상대로 이길 수 있겠소."

"당연히 그래야 한다."

"무슨 뜻이오?"

"한 가지 제안을 하겠다."

백의성군 진유성의 음성은 나직하게 가라앉았다.

두 사람의 대화는 오직 두 사람만이 들을 수 있을 정도였다.

"지금 네가 내게 적당히 패한다면… 천하의 절반을 네게 주겠다."

장한명은 흠칫했다.

"천하의 절반씩이나?"

백의성군 진유성은 고개를 끄덕였다.

"천뇌원주 사마량이 지닌 모든 것을 네게 주도록 하마."

장한명은 코끝을 찡긋하며 갈등하는 표정을 지었다.

"당신의 제안을 거절한다면 어떻게 되는 거요?"

백의성군 진유성은 간단히 말했다.

"넌 죽는다."

"반천칠마신을 동원해서?"

"물론이다."

“그렇다면 당신도 결국 매장되게 될 텐데?”

“내가 쌓은 명성에 조금 흠이 갈 뿐이다. 무림의 생사여탈권은 어차피 내가 쥐게 될 테니…….”

“당신에게 패하는 척한다면, 당신은 날 살려둘 자신이 있소? 당신을 바라보고 있는 저들의 눈빛 속엔 당신이 나를 제거하길 바라는 간절함이 들어 있는데 말이오.”

백의성군 진유성은 무림인들을 향해 다시 시선을 던졌다.

세상에서 가장 부드러운 눈빛으로 말이다.

그리고는 소리 죽여 말했다.

“저들을 속이는 건 간단하다. 그건 네가 내 손에 죽음을 당하는 척 가장을 하면 되는 것이니.”

“후후, 당신은 사람을 속이는 데는 천하제일로서 손색이 없군.”

“결정하도록!”

“그전에 나도 한 가지 제안을 하겠소.”

“말하라.”

“당신 입으로 이 사람들 앞에서 진실을 말하고, 당신과 반천칠마신의 무공을 폐쇄한 후 천하무림인 앞에서 석고대죄를 한다면 당신의 목숨만은 살려두기로 하겠소.”

“…….”

“내 제안을 먼저 받아들인다면 나도 당신의 제안을 받아들이겠소.”

"허허……."

백의성군 진유성은 고개를 저었다.

"거절인가?"

거절이 분명했다.

무공을 폐쇄하고 석고대죄를 하는 판에 역천신마를 상대하여 승리한들 세상의 웃음거리가 될 뿐일 테니까 말이다.

무공을 폐쇄한 상태에서 역천신마를 상대한다는 것부터가 우선 말이 되질 않았다.

백의성군 진유성은 고개를 느릿하게 끄덕였다.

"결국 자넨 나로 하여금 자네를 죽이도록 강요하는군. 후회하게 될 것이다."

이 말이 끝나는 바로 그 순간이었다.

슈우우…….

백의성군 진유성이 빠르게 장한명을 향해 미끄러졌다.

두 발이 움직이지도 않은 상태에서 미끄러지는 것이었다.

장한명은 흠칫했다.

그는 백의성군 진유성이 이렇듯 갑작스럽게 공격을 해올 줄은 예상치 못했다.

그리고 장한명이 생각한 것 이상으로 백의성군 진유성의 움직임은 빨랐다.

'과연…….'

장한명은 탄복했다.

천하제일이 허명이 아님을 깨달은 것이다.

장한명은 백의성군 진유성의 쌍수가 푸르게 변하는 것을 발견했다.

"지심벽옥수(至心碧玉手)!"

누군가가 소리쳤다.

무림인들은 환호했다.

그들은 참으로 오랜만에 백의성군 진유성의 지심무상신공(至心無上神功) 가운데 최고의 절예로 손꼽히는 지심벽옥수를 바로 코앞에서 보고 있는 것이다.

과거 백의성군 진유성과 행동하며 마교를 이 땅에서 몰아냈던 전대의 고수들은 지심벽옥수를 보며 감회 어린 표정을 지었다.

그리고 그들은 지심벽옥수의 공격에 역천신마가 피를 토하며 쓰러질 것을 기대했다.

지심벽옥수 앞에서 목숨을 부지한 사마인들은 거의 없었다.

운이 좋아 목숨을 건진 자들도 백의성군 진유성의 자비가 있었기에 가능했다.

펑!

목대가 뒤흔들릴 정도로 굉렬한 폭음이 장한명의 가슴에서 터졌다.

백의성군 진유성의 지심벽옥수는 정확하게 장한명의 심장을 찍은 것이다.

폭음 소리의 정도로 봐선 장한명은 수십여 장 밖으로 나가떨어진 뒤 그 자리에서 피를 토하고 절명해야 했다.

이것은 모든 무림인들의 예상이었다.

하지만 무림인들의 예상은 크게 빗나갔다.

장한명은 수십여 장 밖으로 나가떨어지지도 않았고, 피를 토하며 절명하지도 않았다.

장한명은 뒷짐을 진 채 여유있는 자세에서 자신의 가슴을 누르고 있는 백의성군 진유성의 푸른 손을 지그시 바라보고 있었다.

장한명은 묘한 표정으로 미소 지었다.

"꽤나 자극적이로군."

이 한마디에 백의성군 진유성의 얼굴은 붉어졌다.

결과가 이렇게 될 줄은 백의성군 진유성도 전혀 예상하지 못했다.

반천구마신과 역천신마가 강하다고 해도 그들을 상대로 승부를 겨뤄본 적은 없었다.

그러므로 그 강함은 막연한 느낌일 뿐이었다.

신무학 백팔번뇌의 무공이 인간 한계를 벗어난 것이라고 해도 자신이 천하제일이라는 자부심마저 넘겨준 것은 아니었다.

때문에 장한명과의 이 일전은 승리하지는 못해도 패하지 않을 자신은 있었다.

그러나 무참했다.

자신이 최선을 다한 일격이 상대의 젖가슴을 자극할 정도 뿐이라니…….

백의성군 진유성은 입술을 깨물었다.

그리고 그는 자존심을 회복하기 위해서 그가 지닌 모든 무공을 동원했다.

콰우우…….

한때는 천하제일의 무공이었다.

물론 지금도 천하제일의 무공이어야 한다.

이것이 백의성군 진유성과 백의성군 진유성의 무공을 바라보고 있는 무림인들의 절대적 믿음이었다.

그 믿음에 보답이라도 하듯 백의성군 진유성이 펼치는 무공은 가공했다.

무림인들은 황홀한 듯 넋을 잃은 채 백의성군 진유성의 움직임을 좇았다.

무림인들은 한편으론 자신들이 지닌 무공의 초라함을 느꼈고, 다른 한편으론 백의성군 진유성이 변함없이 천하제일인임을 느꼈다.

"저 무공을 역천신마가 피한다는 것은 불가능하다."

"놈이 십여 초를 견딘다면 내 손에 장을 지진다."

“오늘로서 역천신마의 시대는 끝이 나는 건가?”

무림인들은 백의성군 진유성의 움직임을 보며 환호했다.

그러나 그들의 그런 기대와는 달리 장한명은 백의성군 진유성의 공격을 십여 초 이상 받아내고 있었다.

그것도 별다른 움직임 없이 어깨를 살짝 틀어 움직이는 것만으로 백의성군 진유성의 공격을 간단하게 피해 버리고 있었던 것이다.

장한명의 움직임은 너무도 빨라 무림인들의 육안으로 보기란 불가능했다.

무림인들은 그저 백의성군 진유성의 움직임만을 보고 있을 뿐이었다.

그러므로 무림인들 눈에는 장한명이 속수무책으로 당하고 있는 것으로 보였다.

그러나 그것이 잘못되었음을 구파일방의 장문인과 방장이 먼저 알아챘다.

공격은 백의성군 진유성이 하고 있었으나, 장한명은 유유자적했고, 백의성군 진유성은 지쳐 보였다.

식은땀마저 뻘뻘 흘리고 있었다.

“뭔가 잘못되었다.”

전대의 고수 몇 명도 뒤늦게 상황이 백의성군 진유성에게 불리하게 돌아감을 눈치챘다.

최초로 장한명의 손이 움직였다.

장한명은 백의성군 진유성의 뒤로 돌아가 그의 어깨를 툭툭 치며 말했다.

"벌써 늙어버린 거요? 아직 그럴 나이는 아니신 것 같은데……."

평생에 이런 치욕을 받아본 적이 없는 백의성군 진유성이었다.

상대는 자신을 조롱하고 있었다.

그 조롱 대신에 자신을 죽일 생각이었다면 자신은 이미 죽은 목숨이었으리라.

그러나 이런 수치를 느낄 겨를도 없었다.

퍽!

상대는 가볍게 자신의 어깨를 친 것이지만 백의성군 진유성은 항거 불능의 거대한 힘이 그 손을 통해 전해져 옴을 느끼고는 그만 앞으로 고꾸라지고 말았다.

얼굴부터 바닥에 충돌했다.

앞니가 부러져 나갔고, 코뼈가 무너진 듯 코에서도 피가 쏟아져 내렸다.

간신히 들어 올린 백의성군 진유성의 얼굴은 처참했다.

이를 구경하던 무림인들은 차마 그 처참한 얼굴을 볼 수 없어 고개를 돌리고 말았다.

무림인들은 가슴을 치며 절망했다.

그들의 영웅이 이처럼 비참하게 당할 줄을 그들이 상상이

나 했겠는가.

그것도 상대는 이제 스물도 채 안 되어 보이는 어린아이였다.

백의성군 진유성이 느끼는 치욕보다도 무림인들이 느끼는 실망이 더 컸다.

이제 그들의 가슴에서 신은 죽었다.

아니, 죽어가고 있었다.

백의성군 진유성은 푸들푸들 웃으며 엉금엉금 기어 간신히 몸을 세웠다.

그 모습은 이 땅에 십 년 평화를 심었던 난세의 영웅하고는 거리가 멀었다.

이제 백의성군 진유성의 얼굴에서 온유함은 사라졌다.

대신 그 얼굴에 드리워진 것은 진한 살기였다.

"이제야 알겠군. 날 죽이지 못하는 이유를……."

장한명은 빙그레 웃었다.

"많은 사람들이 당신을 신으로 떠받들고 있소. 그 위대한 신을 내가 죽인다면, 난 영원히 역천신마로 살아가게 될 거요."

"그렇다면 넌 결코 날 이길 수 없다."

백의성군 진유성의 입가에 득의의 미소가 떠올랐다.

백의성군 진유성은 죽음을 도외시한 공격을 생각했다.

상대가 자신을 죽이는 것을 꺼려하는 이상, 수비를 생각할 필요는 없었다.

　수비를 무시한 공격은 그 위력이 배가된다.

　그렇다면 상대가 아무리 고수라고 해도 충분히 해볼 만한 것이다.

　"각오하라!"

　백의성군 진유성은 장한명을 다시 공격하기 시작했다.

　목대의 바닥이 산산이 떨어져 나갈 정도로 백의성군 진유성의 공격은 가공했다.

　백의성군 진유성의 공격을 지켜보며 장한명은 내심 고개를 끄덕였다.

　'진화를 거듭하지 않았다면 상대하기가 쉽지 않았을 것이다.'

　그만큼 백의성군 진유성은 강했다.

　신무학 백팔번뇌에 무력했던 무림인들과는 근본적으로 달랐다.

　백팔적혈곤수 가운데 일인보다 확실하게 강해 보였다.

　신무학 백팔번뇌가 창조되지 않았다면 그는 아직도 적수를 만나지 못했으리라.

　그러나 오늘 그는 상대를 잘못 만났다.

　진화의 끝에 이른 장한명에게는 백의성군 진유성도 무력할 수밖에 없었다.

장한명의 간단한 손짓으로도 백의성군 진유성은 충격을 받아 이리 구르고 저리 굴렀다.

물론 그것이 간단한 손짓일 리는 없지만 말이다.

이를 구경하고 있는 무림인들은 입을 쩌억 벌릴 수밖에 없었다.

어른이 어린아이를 데리고 노는 듯한 장면에 그들은 기가 막힐 뿐이었다.

그들이 신으로 여기는 백의성군 진유성이 역천신마 앞에 선 어린아이에 지나지 않았다.

담담히 이를 지켜보고 있는 신궁화를 힐끔 쳐다보는 장한명의 얼굴엔 문득 곤혹스러움이 스쳤다.

장한명은 백의성군 진유성이 이런 치욕을 당하면서도 이처럼 오래 버틸 줄은 예상하지 못했다.

마음 같아서는 백의성군 진유성의 머리통을 박살 내버리고 싶었지만 신궁화의 신신당부가 있던 터라 참을 수밖에 없었다.

장한명이 목대에 오르기 전에 신궁화는 백의성군 진유성이 반천칠마신을 불러내기 전엔 절대 백의성군 진유성을 죽여서는 안 된다는 당부를 되풀이했다.

반천칠마신을 불러내기 전에 백의성군 진유성을 죽이게 되면 주인을 잃은 반천칠마신은 지하 깊은 곳으로 숨어 들어가 버릴지도 모른다는 얘기였다.

지하에 숨어들어 영원히 무림에 모습을 나타내지 않는다면 그것은 다행스러운 일이지만, 반드시 그러리란 보장은 없었다.

그들 일곱이 다시 세상 밖으로 튀어나올 때가 천하무림의 종말이 될지도 모르는 일이었다.

그리고 그들은 더욱 강해져 있을 것이다.

장한명으로선 그들이 더욱 강해지기 전에 제압할 필요가 있었고, 그러므로 백의성군 진유성이 그들을 불러낼 때까지 인내하며 기다려야 했다.

목대 아래에 운집한 무림인들에겐 백의성군 진유성은 성자이며 성군이었다.

그가 성자도 성군도 아님을 밝혀내지 않은 채 제거한다면, 장한명으로서는 영원히 역천신마의 껍질을 벗을 수가 없게 되는 것이다.

어떻게든 백의성군 진유성이 마각을 드러낼 때까지 기다려야 했다.

이것이 장한명의 고심이었다.

백의성군 진유성이 장한명의 계산보다 훨씬 더 잘 참아내고 있었기 때문이다.

백의성군 진유성의 입장에선 자신이 쓰고 있는 성군의 탈은 벗고 싶지 않았을 것이다.

오늘 겪는 치욕을 감수하고서라도 말이다.

그러나 그는 신은 아니었다.

그에게도 인내의 한계는 있었다.

전신이 피투성이가 된 백의성군 진유성은 문득 푸들푸들 웃었다.

"후후… 따지고 보면 이럴 필요는 없었는지도 모르지."

백의성군 진유성은 먼지투성이의 옷을 털며 천천히 몸을 일으켜 세웠다.

第六章
백의성군 진유성의 선택

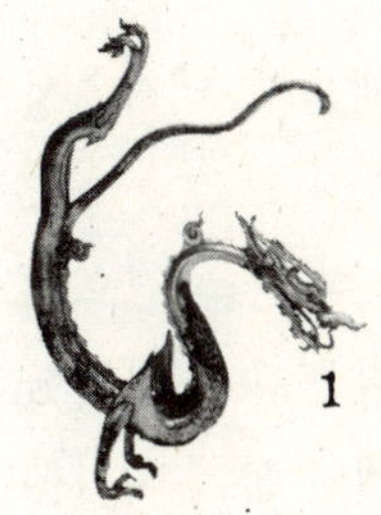

1

그는 그를 안타까운 눈빛으로 바라보고 있는 무림인들을 힐끔 바라본 후 시선을 장한명에게 옮겼다.

"지난 십여 년을 성군으로 살아왔으니 이제 악마로 살아가는 것도 괜찮지 않겠나?"

장한명은 고개를 끄덕였다.

"처음부터 당신은 악마였는지도 모르오."

"처음부터라… 후후……."

백의성군 진유성은 잠시 고개를 숙이고 뭔가를 생각하는 듯하다가 이윽고 고개를 들었다.

그의 어디에도 온유한 빛은 남아 있지 않았다.

　　백의성군 진유성은 팔소매에서 느릿하게 마적을 꺼내 들
었다.

　　장한명은 조용히 백의성군 진유성의 다음 행동을 기다렸
다.

　　백의성군 진유성은 자신을 신으로 믿고 따르는 무림인들
을 내려다보며 잠시 회한에 젖는 듯했다.

　　이어 결심한 듯 마적을 불기 시작했다.

　　삘리리리…….

　　결국 장한명이 기대한 대로 백의성군 진유성은 천향섭혼
음을 연주하기 시작한 것이다.

　　천향섭혼음이 무엇인지 알지 못하는 무림인들은 의아한
눈빛으로 장한명과 백의성군 진유성을 번갈아 주시했다.

　　그들은 백의성군 진유성이 역천신마의 적수가 되지 못함
은 이미 느꼈다.

　　백의성군 진유성이 위기에 몰리자 일부에선 백의성군 진
유성을 구하려는 움직임을 보이기도 했지만, 이내 포기했
다.

　　백의성군 진유성이 패배를 선언해서 도움을 청하기 전에
그를 돕고자 나서는 일은 신에 대한 모독이라고 생각했던 것
이다.

　　어쩌면 무림인들은 백의성군 진유성의 패배를 인정하고

싶지 않았는지도 모른다.

그들의 신은 패배를 모르는 신이다.

그러므로 그들은 신이 현재의 불리함을 딛고 불굴의 정신으로 다시 일어나 역천신마를 척살할 것으로 믿었다.

그런데 백의성군 진유성의 행동은 그들의 기대와는 달랐다.

생사가 오가는 치열한 결전장에서 갑자기 피리를 꺼내 들고 불어대는 백의성군 진유성의 이해할 수 없는 행동에 무림인들은 어안이 벙벙할 뿐이었다.

백의성군 진유성을 담담히 지켜보는 역천신마의 행동 또한 그들로서는 이해하기 힘들었다.

그러나 그 시간은 그리 길지 않았다.

콰우우⋯⋯.

목대의 각기 다른 방향에서 치솟아오르는 검은 돌풍을 보면서 무림인들은 경악했다.

검은 돌풍을 중심으로 퍼져 나오는 사이한 기운에 무림인들은 다시 한 번 경악했다.

그 사이한 기운은 햇빛마저 차단했다.

무림인들은 순식간에 천지가 암흑으로 변하는 듯한 착각에 사로잡혔으며, 그 어둠 속에서 꿈틀거리는 음산한 귀기에 몸서리를 쳐야 했다.

"뭐야? 이 기분 나쁜 기운은 뭔가?"

"대체 무슨 일이 일어나고 있는 거야?"

"갑자기 왜 이래?"

무림인들은 당황해서 어쩔 줄을 몰라 했다.

그리고 그들은 볼 수 있었다.

목대의 일곱 방향에서 솟아올라 장한명을 향해 쏘아지는 검은 그림자들을 말이다.

검은 그림자는 정확히 일곱이었다.

삘리리리…….

그들은 백의성군 진유성의 피리 소리에 의해 움직이는 듯 보였으며, 장한명을 중심에 놓고 일곱 방향에 조용히 내려앉았다.

그들은 여섯 청년과 한 명의 소녀였다.

모두 수려한 모습이었지만, 얼음으로 덮어놓은 듯 냉막한 표정이었다.

그들의 눈은 살아 있는 사람의 것이 아니었다.

그들의 동공은 움직임이 없었으며 초점조차도 없는 죽은 자의 눈과 같았다.

그들의 전신에서 쉴 새 없이 뿜어져 나오는 살기와 마기는 목대에서 멀리 떨어진 곳까지 뒤덮었다.

신궁화는 반천칠마신의 등장에 바짝 긴장하는 표정이었다.

물론 대력패천왕은 말할 것도 없었다.

그러나 장한명은 여유가 있었다.

장한명은 마적을 부르고 있는 백의성군 진유성을 힐끔 쳐다보며 빙긋 웃었다.

"결국 세상에서 가장 강한 살인무기를 불러내셨군."

장한명의 음성은 나직했으나 장내의 무림인들 모두가 또렷하게 들을 수 있었다.

무림인들은 장한명의 말에 아연한 표정을 지어 보였다.

비로소 무림인들은 장한명이 처음 등장할 때 했던 말에 대해 반신반의하기 시작했다.

그리고 장한명이 언급되었던 반천칠마신이 목대의 여섯 청년과 소녀임도 짐작했다.

구파일방의 장문인과 방장은 하늘이 무너져 내리는 기분으로 자리를 박차고 일어섰다.

반천칠마신은 느릿하게 장한명을 중심에 놓고 돌기 시작했다.

신궁화의 심어가 장한명의 귓전으로 흘러들었다.

[조심하여야 합니다. 뭔가 심상치가 않습니다.]

장한명은 반천칠마신을 살피며 갸웃했다.

장한명은 결국 참지 못하고 신궁화를 향해 전음을 보냈다.

[뭐가 심상치 않다는 거요?]

신궁화의 시선은 백의성군 진유성에게 고정이 되었다.

[지난번의 일전을 통해 반천칠마신이 공자의 적수가 되지

못함을 깨달았을 백의성군 진유성이 아무런 대책 없이 반천
칠마신을 다시 불렀을 리는 만무합니다.]

[음······.]

[그도 나름대로 준비한 것이 있을 겁니다. 그가 준비한 것
이 무엇인지 그걸 아직은 모르겠습니다. 그걸 알아내기 전엔
조심하셔야 합니다.]

[음······.]

장한명은 침음하며 백의성군 진유성을 살폈다.

특별히 의심이 가는 부분은 그 표정에서 읽어낼 수가 없었
다.

다만 장한명을 상대로 한 일전이 반천칠마신에게 절대적
으로 유리하지만은 않음을 잘 알고 있을 백의성군 진유성의
표정에 자신감이 숨겨져 있다는 것이 왠지 불길하게 느껴졌
다.

장한명은 반천칠마신에게서 뿜어져 나오는 가공할 잠경을
호신강기로 밀어내며 무림인들을 향해 말했다.

"무림대회는 끝났소. 그러므로 무림대회에 참석하고자 모
인 당신들은 어서 이곳을 떠나는 것이 오래 사는 길이오."

장한명은 반천칠마신의 공격을 다시 슬쩍 피하며 말을 이
었다.

"백의성군 진유성이 자신의 진면목을 드러낸 이상, 당신들
을 모조리 죽여 살인멸구하지 말라는 법은 없소. 내가 반천칠

마신을 상대로 승리한다면 그 비극을 막을 수 있겠으나, 내가 반천칠마신을 상대로 승리한다는 보장이 없으니 그 또한 장담할 수만은 없소."

장한명의 말을 들으며 무림인들의 안색은 점차 어두워졌다.

장한명의 말은 단순히 그들에게 겁을 주기 위한 것이 아니다.

반천칠마신의 전신에서 뿜어지는 끔찍한 살기를 보면서 그들은 반천칠마신이 충분히 그러고도 남을 인간이라는 것을 이미 느끼고 있었던 것이다.

장한명을 공격하고 있는 반천칠마신의 무공은 그들이 보기에도 그들이 지닌 무공과는 차원이 달라 보였다.

저들 반천칠마신이라는 작자들이 역천신마를 해치우고 자신들을 공격한다면?

생각이 이에 미치자 무림인들은 모골이 송연해짐을 느끼며 지금 당장에라도 이곳을 떠나고 싶은 심정이었다.

그러나 그들의 발목을 잡는 건 그동안 쌓아온 명성과 체면이었다.

도주라는 건 말이 안 된다.

목에 칼이 들어와도 불의를 보면 참지 못하고 살아온 인생들이었다.

백의성군 진유성이 세상을 속이며 살아온 양의 탈은 쓴 악마라는 사실이 드러나고 있는 판에, 내 한 목숨 지키자고 걸음아 나 살려라 줄행랑치는 건 일생일대의 오점을 남기는 짓이 아니겠는가.

체면도 체면이지만 이 상황을 좀 더 지켜볼 필요가 있었다.

백의성군 진유성이 정말로 악마의 탈을 쓰고 세상을 속였는지에 대해서도 좀 더 분명히 할 필요가 있었다.

그렇다면 그들이 알고 있는 역천신마는 뭔가?

장한명의 말대로 역천신마가 백의성군 진유성의 음모에 의해 만들어진 작품이라면, 역천신마는 살인마라 할 수가 없지 않은가?

소림백팔나한대승을 죽인 자가 역천신마가 아니라 반천칠마신 가운데 한 명이라면 반천칠마신이야 말로 살인마인 셈이었다.

장한명이 의도한 것이든 아니든 상황은 묘하게 그렇게 돌아가고 있었다.

어느새 무림인들은 장한명이 승리하기를 내심 응원하는 분위기로 흘러갔다.

장한명의 승패 여부에 그들의 운명이 걸려 있다고 해도 과언이 아니었기 때문이다.

이제 탐색전이 끝난 듯 반천칠마신은 파상 공세를 시작했다.

장한명은 반천칠마신의 공격을 받으며 수세적인 자세를

취했다.

이미 반천칠마신과의 대결을 경험했던 장한명이다.

당시의 경험을 떠올리며 지금의 공격과 비교했다.

'이상하군.'

장한명은 고개를 갸웃했다.

반천칠마신의 공격에 새로운 변화는 느껴지지 않았다.

그들의 공격은 신무학 백팔번뇌 가운데 가장 위력이 강한 무공들로 이루어져 있었고, 장한명이 이미 예상하고 있는 수순 그대로를 펼치고 있었던 것이다.

물론 비슷한 배열로 펼치기는 했지만 그때보다 위력은 훨씬 강했다.

지금 반천칠마신은 사력을 다한 공격을 펼치고 있었던 것이다.

'겨우 이 정도로……'

장한명은 힐끔 백의성군 진유성을 바라봤다.

백의성군 진유성의 얼굴에 드리워진 자신감은 시간이 흐를수록 더욱 짙어지고 있었다.

'뭘까? 단순한 심리전인 것일까?'

장한명의 생각은 복잡했다.

그러나 계속 생각만 하고 있을 수만은 없었다.

장한명이 잠시 다른 생각을 하며 허점을 보이자 반천칠마신은 그 허점을 놓치지 않았다.

쿠우우…….

각기 다른 일곱 방향에서 반천칠마신은 각기 다른 무공을 사용해서 장한명을 공격했다.

그들은 그 공격을 통해 이 대결의 최후를 보려는 모양이었다.

그만큼 그들의 공격엔 강한 살기가 스며 있었다.

퍼엉!

반천칠마신의 공격은 대부분 성공했다.

장한명은 휘청했다.

그러나 공격을 받은 만큼 충격을 받은 모습은 아니었다.

현재의 장한명은 반천칠마신의 공격을 당해도 견딜 만큼 강했다.

장한명이 공격을 당하자 안타까운 탄식을 흘리던 무림인들은 장한명이 공격을 몸으로 받았음에도 불구하고 여유를 보이자 안도의 한숨을 내쉬었다.

'시작해 볼까?'

장한명은 빠르게 공격을 준비했다.

그리고 정말로 빠르게 반천칠마신을 공격하기 시작했다.

스스스…….

반천칠마신의 무표정한 얼굴이 일그러졌다.

그들로서도 장한명의 움직임을 육안으로 볼 수가 없었던 것이다.

그들은 무수히 피어나는 장한명의 잔영만을 볼 수 있었을
뿐이다.

그들은 한 발 늦게 장한명의 잔영을 발견했고, 장한명의 모
습을 발견했을 때는 방어를 취하기엔 이미 늦은 상태였다.

퍼퍼펑!

거의 동시에 장한명은 반천칠마신을 가격했다.

전력을 다한 공격은 아니었지만, 반천칠마신에겐 충격이
컸던 모양이었다.

반천칠마신은 가슴을 움켜잡은 채 정신없이 뒤로 밀려났
다.

악다문 입술 사이를 비집고 핏물이 스며 나왔고, 얼굴은 핏
기라곤 찾아볼 수 없을 만치 창백했다.

내상을 입은 것이다.

그들의 상태를 살피며 장한명은 후회했다.

조심하라는 신궁화의 말이 없었다면, 그는 전력을 다해 공
격했을 것이다.

그랬다면 지금보다 훨씬 깊은 내상을 반천칠마신에게 줄
수 있었을 것이다.

조심하라는 신궁화의 말과 백의성군 진유성의 입가에 드
리워진 저 뜻 모를 자신감이 의심스러워 돌발적인 상황이 발
생하면 방어할 최소의 힘을 남겨두었던 것이 실수였다.

지나친 조심으로 인해 반천칠마신을 제거하거나 그에 준

하는 치명적인 내상을 입힐 기회를 잃어버리고 만 것이다.

그러나 어쨌든 소정의 성과는 있었다.

그리고 장한명은 백의성군 진유성이 보이는 자신감과 여유는 자신을 속이기 위한 고도의 심리 전술일 뿐이라고 확신했다.

장한명은 백의성군 진유성을 다시 살폈다.

반천칠마신이 결코 가볍지 않은 내상을 당한 상태에서도 그가 여전히 자신감과 여유를 보이고 있을지가 궁금했던 것이다.

백의성군 진유성의 표정은 변해 있었다.

그의 입가에 머물러 있던 자신감과 여유는 실종되고 없었다.

대신 그 자리에 떠올라 있는 건 잔인한 미소였다.

장한명을 바라보는 그 눈엔 살기마저 꿈틀대고 있었다.

'이번엔 살기라……? 이런 상황에서도 날 죽일 수 있다고 생각하는 건가?

장한명은 갸웃했다.

바로 그때 신궁화의 심어가 들려왔다.

[조심하세요, 공자!]

그녀의 심어엔 다급함이 담겨져 있었다.

그녀는 지금 심상치 않은 뭔가를 느끼고 있는 것이 분명했다.

아니, 그것을 찾아낸 듯 여겨졌다.

그러나 장한명의 입장에선 아직도 오리무중이었다.

'대체 무엇을 조심하라는 것인지?

장한명은 반천칠마신을 살폈다.

특별한 변화는 느껴지지 않았다.

그들은 장한명을 향해 느릿하게 다가서고 있을 뿐이었다.

인성을 상실한 마물들이라고 해도 결국 그들도 인간에 불과했다.

창백한 그들의 안색에선 피로감이 엿보였다.

몇 차례의 공격이 실패로 돌아가고 오히려 그들이 내상을 입자 의욕마저 상실한 듯 보였다.

그들은 그저 천향섭혼음이 지시하는 대로 습관처럼 움직이고 있을 뿐이었다.

장한명은 그런 그들이 조심스러워 해야 할 대상은 아니라고 생각했다.

그러나 이것은 장한명의 오산이었다.

백의성군 진유성이 연주하는 천향섭혼음의 음률이 듣기 거북할 정도로 날카롭다는 생각이 들 그 즈음이었다.

반천칠마신의 전신이 문득 벼락을 맞은 듯 부르르 떨렸다.

순간 장한명은 느꼈다.

반천칠마신에게서 흘러나오는 살기와 마기가 장강의 물이 빗물에 불어나듯 순식간에 무서울 정도로 강해지고 있음을 말이다.

그 기세는 걷잡을 수가 없을 정도였다.

그리고 그 기운은 이를 구경하던 무림인들에게까지 미칠 정도였다.

무림인들은 가공한 살기와 마기가 폭풍처럼 밀려오자 전율하며 뒤로 물러섰다.

그렇게 물러서는 무림인들의 이마엔 식은땀마저 흐르고 있었다.

반천칠마신을 앞에 두고 있는 장한명이 느끼는 살기와 마기는 끔찍했다.

그 기운만으로 살인이 가능하다면 장한명은 이미 죽을 목숨이었을 것이다.

삘리리리…….

천향섭혼음이 급변할 때마다 그 살기와 마기는 폭발적으로 증가했다.

또한 반천칠마신의 몸에서도 변화가 일었다.

두 눈이 최초엔 붉게 충혈되기 시작하더니, 그 눈에서 핏물이 뚝뚝 떨어져 내릴 만큼 차츰 핏빛으로 붉어지고 있었다.

피부도 가뭄으로 갈라진 논과 밭처럼 쩍쩍 갈라져 내리기 시작했다.

그 갈라진 피부 사이로 핏물이 스며 나오기 시작했다.

머리카락은 거꾸로 곤두서기 시작했으며, 거꾸로 선 머리카락은 마치 살아 있는 생물체처럼 꿈틀꿈틀 움직였다.

그것은 인간의 모습이 아니라 괴물체의 모습이었다.

"크크……."

"흐흐……."

반천칠마신의 입에서 흘러나오기 시작한 괴소는 듣는 것만으로도 공포를 느끼기에 충분했다.

장한명은 반천칠마신의 갑작스러운 변화에 심상치 않은 기운을 느꼈다.

쿵쿵쿵…….

반천칠마신은 그 상태로 장한명을 향해 걸어오기 시작했다.

그들이 걸을 때마다 발밑의 목대는 힘없이 꺼져 내렸다.

실로 소름이 돋는 장면이었다.

무림인들은 체면이고 뭐고 당장 줄행랑치고 싶은 공포에 사로잡혔다.

장한명이 반천칠마신의 급변에 아연실색하고 있을 무렵 신궁화의 심어가 다급하게 들려왔다.

[맙소사! 피하세요, 장 공자! 백의성군 진유성은 반천칠마신의 잠재력을 한순간에 극대화시켜 장 공자를 제거하려 들고 있습니다. 지금 상태로는 저들은 인간이 아니라 악마입니다.]

장한명은 흠칫했다.

[잠재력의 극대화… 그게 가능하단 말이오?]

[물론 가능합니다. 반천칠마신을 버릴 각오를 한다면 말입니다.]

[어떻게?]

[풍선처럼 거대하게 부풀려진 잠재력은 한순간에 폭발할 수도 있습니다. 폭발할 때의 위력은 엄청나겠지만, 폭발 후엔 풍선은 영원히 사라지게 되는 것이지요. 그것과 같은 이치입니다.]

[아아…….]

[백의성군 진유성은 장 공자를 제거하기 위해 최후의 방법을 선택한 것입니다.]

[도저히 막을 수 없는 것이오?]

[늦었습니다. 시작하면 되돌릴 수 없습니다.]

[자신이 가장 아끼는 살인 무기를 버리고서라도 나를 제거한다? 그것참 위험한 발상이 아닌가?]

[동귀어진하려는 생각입니다. 어서 피하세요. 그 자리를 피하는 것이 최선의 공격입니다. 피할 수만 있다면 반천칠마신은 폭발을 견디지 못할 테니까요.]

[알겠소.]

[어서…….]

장한명은 지그시 입술을 깨물었다.

빠르게 반천칠마신을 살펴갔다.

장한명은 반천칠마신에게 포위된 상태였다.

반천칠마신은 그 상태로 점점 더 포위망을 좁혀오고 있었다.

'피하는 것이 최선의 공격이다?

그렇다면 이제 한 가지만을 생각하면 된다.

평상시라면 문제가 될 게 전혀 없었다.

그러나 지금은 상황이 다르다.

포위망을 좁혀오는 반천칠마신은 그야말로 삼백육십방위를 완전히 차단하는 천라지망을 전개하고 있었다.

그 속도도 경이로울 정도로 빨랐다.

그러니 그들이 펼치는 포위망은 바늘 끝만 한 틈도 보이지 않는 금성철벽과 같았다.

장한명은 슬쩍 방위를 틀어 그 포위망의 한 곳을 찔러봤다.

통하면 탈출도 가능할 것이다.

그곳은 허공이었다.

슈우우…….

장한명의 신형이 빠르게 허공으로 치솟아올랐다.

그보다 더 빠른 속도로 반천칠마신이 허공으로 솟아올랐고, 허공에 드리워진 가공할 위력의 주망은 장한명을 튕겨냈다.

장한명은 엄청난 반탄력에 하마터면 바닥에 고꾸라질 뻔했다.

간신히 중심을 잡고 선 장한명은 난감했다.

"이거 정말 쉽지가 않겠네."

장한명은 진화를 하기 이전의 상태로 돌아간 듯한 느낌을 강하게 받았다.

자신은 온갖 고통을 겪으며 어렵게 진화의 끝에 이르렀지만, 반천칠마신은 인위적 수단으로 진화의 끝에 간단히 이른 셈이었다.

그러니 장한명으로선 어려운 승부가 될 수밖에 없었다.

이를 지켜보는 신궁화의 표정도 어둡게 굳어졌고, 그녀는 피리를 꺼내 천향섭혼음으로 얼마 전에 한 번 써먹은 방식으로 백의성군 진유성과 반천칠마신을 교란시키려 했지만, 이번엔 전혀 통하지가 않았다.

밑바닥의 잠재력까지도 모조리 사용되고 있는 반천칠마신은 이미 쏘아진 화살과 같았다.

지금은 백의성군 진유성을 제거한다고 해도 반천칠마신을 되돌리기엔 늦은 상태였다.

"아아……."

신궁화로서는 절망할 수밖에 없었다. 또한 장한명을 제거하기 위해 반천칠마신을 제물로 사용하고 있는 백의성군 진유성의 행위에 치를 떨었다.

그녀는 자신의 실수를 통감했다.

그녀의 능력이라면 이런 사태를 충분히 예감했어야 했다.

한순간의 방심이 결국 장한명을 죽음으로 몰고 가는 이런 최악의 상황을 만들고야 만 것이다.

그녀는 심한 자괴심으로 인해 죽고 싶은 심정이었다.

장한명은 여러 번에 걸쳐 탈출을 시도하는 움직임을 보였지만, 그때마다 번번이 실패로 끝나고 말았다.

이에 신궁화를 비롯한 무림인들의 표정은 어두워졌고, 반면 백의성군 진유성은 마적을 입술에서 떼는 여유까지 보였다.

그로서도 할 일은 다 한 셈이었다.

반천칠마신은 이미 악마로 변해 있었고, 이제 일곱 악마의 손에 의해 장한명이 처참하게 죽임을 당하는 일만 남아 있는 것이다.

장한명은 탈출을 포기했다.

정면 대결로 승부를 보기로 결심한 것이다.

이것은 매우 위험한 도박이었지만 다른 수단이 없었다.

쿠우우…….

장한명의 전신으로부터 황금빛이 솟아나기 시작했다.

그 모습은 황금불상과 같았다.

장엄한 그 모습에 무림인들은 경건한 표정을 지으며 합장했다.

소림장문인 대현선승은 놀라움을 금할 수가 없었다.

소림백팔나한대승만이 펼칠 수 있는 황금대불력(黃金大佛

力)이 소림백팔나한대승이 사라진 지금 그들이 역천신마로 알고 있는 장한명의 몸에서 찬란하게 재현되고 있었으니 그가 놀라는 건 당연했다.

"아미타불……!"

대현선승은 자신도 모르게 벌떡 일어서서 합장했다.

황금빛으로 무장된 장한명은 빠르게 천라지망을 펼쳐 나갔다.

천라지망을 펼치면서 한편으론 신무학 백팔번뇌의 나머지 절학들도 함께 펼쳤다.

그 모든 인간의 한계를 초월한 절학들은 절묘하게 조화를 이루며 그 위력을 배가시켰다.

그리고 마침내 그 위력이 배가된 장한명의 공격은 반천칠마신을 향해 거의 동시에 날아갔다.

"크크크……."

반천칠마신의 입에서 의미를 알 수 없는 괴소가 동시에 울렸다.

일곱 줄기의 신형이 장한명의 공격권 안으로 들어선 것은 그때였다.

콰쾅!

천번지복의 강렬한 폭발음이 울린 것도 그때였다.

이 모든 것은 거의 동시에 이루어졌다.

두두두…….

반천칠마신은 그 충격으로 정신없이 뒤로 물러섰다.

그리고 폭발음이 울린 뒤에 목대 주변의 무림인 가운데 일부가 소용돌이치는 암경에 피를 토하며 뒤로 날려갔다.

그만큼 장한명과 반천칠마신의 첫 번째 충돌은 강력했다.

반천칠마신이 뒤로 밀려난 것과는 반대로 장한명은 그 자리에 태연하게 서 있었다.

그러나 그 태연함도 한순간에 무너졌다.

"커억!"

장한명은 앞으로 허리를 숙이며 검붉은 선혈을 토해냈다.

반천칠마신은 뒤로 물러서면서 자신들에게 가해지는 충격을 최소화했지만, 장한명은 그 충격을 고스란히 몸으로 받고 만 것이다.

장한명의 전신의 모든 경락은 충격을 완화시키기 위해 본능적으로 반응하고 있었지만, 결국 역부족인 듯 기혈이 들끓어 올랐고, 피를 보고야 만 것이다.

장한명은 입가의 피를 쓰윽 닦아내며 반천칠마신을 살폈다.

장한명의 눈빛이 미미하게 떨렸다.

반천칠마신은 충돌 전 그대로였다.

그들의 전신에 꿈틀거리는 마기와 살기는 여전했고, 오히려 전보다 더한 마기와 살기를 뿜어내기 시작했다.

그들은 쿵쿵거리며 다시 장한명을 향해 다가서기 시작했
다.

이를 바라보는 신궁화와 대력패천왕의 표정은 암울해졌
다.

장한명을 도와주고 싶은 마음이야 간절했지만, 오히려 나
섰다간 짐이 될 뿐이라는 것을 알고 있는 그들이었기에 감히
나설 엄두조차 내지 못했다.

그저 입술이 타들어가는 안타까움으로 발을 동동 구르고
있을 수밖에 없었다.

장한명은 겨우 기혈의 들끓음을 가라앉히며 반천칠마신의
다음 공격을 준비했다.

'저들은 그야말로 마신이 되었다. 도대체 무엇으로 저들을
상대할 수가 있단 말인가?

장한명은 한숨을 내쉬며 반천칠마신의 일거수일투족을 살
폈다.

반천칠마신의 행동엔 자신감이 붙어 있었다.

그들은 확신하는 듯 보였다.

이번의 공격으로 장한명을 제거할 수 있음을 말이다.

그들의 피부는 더욱 갈라졌고, 갈라진 그곳에선 계속하여
핏물이 흘러내리고 있었다.

소름 끼치는 장면이었다.

그런 반천칠마신을 바라보는 백의성군 진유성은 다시 천

향섭혼음을 연주하기 시작했다.

그도 이제 마지막 공격을 준비하는 듯 보였다.

삘리리리…….

천향섭혼음은 목대를 격렬하게 휘감았다.

소리는 마치 생명체처럼 자유자재로 반천칠마신을 휘감고 다니며 그들에게 끊임없이 살인을 강요했다.

장한명은 반천칠마신의 움직임에서 시선을 거두어 천천히 신궁화를 향해 시선을 옮겼다.

장한명을 바라보고 있는 신궁화의 눈빛은 슬퍼 보였다.

장한명은 그런 그녀를 바라보며 빙그레 웃어 보였다.

신궁화에게 위로를 주기 위한 웃음이었지만, 신궁화가 보기엔 그 웃음은 울음보다 더 슬퍼 보였다.

장한명은 이 순간 죽음을 예감했다.

자신의 능력으론 현재의 반천칠마신을 상대할 수 없음을 절감했다.

다가오는 반천칠마신에게선 죽음의 향기마저 진하게 풍겨져 왔다.

한때는 천진무구했을 저 얼굴에 덮여 있는 살기와 마기는 이제 극에 이르러 있는 느낌이었다.

그들은 장한명의 최후를 충실하게 준비하고 있었다.

그리고 약속처럼 그들 반천칠마신이 동시에 움직였다.

콰우우우…….

반천칠마신이 준비한 죽음의 향연이 마침내 그 화려한 막을 올린 것이다.

장한명은 체념한 듯 그들을 바라보고 있었다.

그리고 반천칠마신의 무시무시한 공격이 폭풍처럼 장한명을 향해 휘몰아쳤다.

그 가공할 위력에 무림인들은 그저 입을 딱 벌릴 수밖에 없었다.

바로 그 순간이었다.

그 누구도 예상치 못했던 일이 벌어졌다.

목대 아래에서 붉은 인영 하나가 솟아오르더니 장한명을 향해 쏘아졌다.

그리고 붉은 인영은 장한명을 감싸 안았고, 장한명을 대신해서 반천칠마신의 가공할 공격을 온몸으로 받아냈다.

"악!"

붉은 인영의 입에선 처절한 단말마가 튀어나왔다.

터져 나오는 단말마와 함께 치솟은 붉은 피…….

이런 돌발적인 상황에 장한명은 물론이거니와 반천칠마신도 흠칫했다.

신궁화를 포함한 모든 무림인들이 의아한 얼굴로 붉은 인영을 살폈다.

"아아……."

장한명은 쓰러질 듯 비틀거렸다.

붉은 인영은 다름이 아니라 황월교였던 것이다.

반천칠마신의 공격을 온몸으로 받아낸 그녀는 더 이상 예전의 활기 넘치던 황월교가 아니었다.

칠공으로부터 피를 꾸역꾸역 토해내고 있었으며, 하얗게 죽어가고 있었다.

눈빛은 흐려졌으나 장한명의 목을 감은 두 팔은 끝내 풀지 않았다.

"지… 지금이 기회……. 어서 도망을……."

그녀는 이 말을 끝으로 두 팔을 풀었다.

그녀의 말처럼 지금이 도주할 마지막 기회일지도 모른다.

인성을 상실한 일곱 마신은 황월교의 등장에 뭔가 헷갈리는 눈치였다.

그들이 정한 수순이 황월교의 등장으로 인해 뒤틀리자 그 수습이 쉽지 않은 모양이었다.

그것이 비록 짧은 순간이었지만, 장한명에겐 절호의 기회인 셈이었다.

그러나 장한명은 도주를 포기했다.

장한명은 황월교를 안아 들었다.

그녀의 몸은 차갑게 식어가고 있었다.

장한명은 무엇으로도 그녀를 살릴 수 없음을 알았다.

그러기엔 그녀가 입은 내상이 너무 심했다.

몇 마디 말을 할 수 있다는 것도 기적이었다.

"왜……?"

장한명은 처연한 얼굴로 황월교를 내려다보며 탄식했다.

황월교는 피를 꾸역꾸역 토해내며 슬프게 웃었다.

그리고 그녀가 남긴 말은 단 두 글자였다.

"사… 랑……."

가늘게 떨리던 그녀의 입술이 파리하게 굳어졌다.

그녀의 두 눈엔 눈물이 고였고, 장한명이 떨리는 손으로 그녀의 눈꺼풀을 감기자 비로소 고였던 눈물이 주르르 흘러내렸다.

그녀의 입에선 더 이상 어떤 말도 흘러나오지 않았다.

그녀는 죽은 것이다.

장한명은 싸늘하게 식은 그녀의 몸을 안아 든 채 한동안 아무런 말도 하지 못했다.

그저 멍하니 황월교만을 바라볼 뿐이었다.

그사이 반천칠마신은 혼돈에서 회복되고 있었다.

잠시 후 그들은 다시 괴소를 흘리며 장한명을 향해 다가서기 시작했다.

장한명은 황월교를 바닥에 내려놓고는 그녀의 검을 풀었다.

스르릉……

황월교의 검은 맑은 소리를 내며 검집에서 빠져나왔다.

검을 잡은 장한명의 얼굴엔 표정이 없었다.

검날에 비쳐진 장한명의 얼굴은 너무도 무표정해서 오히려 섬뜩한 느낌을 주었다.

신궁화를 비롯한 무림인들은 숙연한 표정으로 장한명을 바라보았고, 장한명은 느릿하게 자신을 향해 다가서는 반천칠마신을 훑어 내렸다.

피부가 갈라져 피를 흘리는 반천칠마신은 악귀와 같았다.

그들은 연신 괴소를 흘리며 전보다 더욱 진한 살기를 줄기줄기 뿜어내고 있었다.

장한명은 검을 사선으로 길게 늘어뜨린 채 그 검으로 원을 그리듯 빙글 몸을 돌렸다.

바닥에 둥근 원이 그려졌다.

바로 그 순간, 반천칠마신의 공격은 다시 시작되었다.

쾌우우…….

그들의 공격은 전보다 더욱 맹렬하게 장한명을 향해 폭사되었다.

무림인들은 이에 걱정스러운 표정을 지었다.

황월교 덕분에 이전의 공격에서 장한명이 목숨을 구하게 되었지만, 이번의 공격은 장한명이 무슨 재간으로 무사히 막아낼 수 있을지…….

신궁화 역시도 깊은 탄식을 토했다.

'아아… 황 소저의 희생이 헛되진 말아야 할 텐데…….'

마침내 무림 유사이래 가장 강한 무학인 신무학 백팔번뇌를 극성으로 연성한 여덟 사람이 충돌했다.

전무후무의 이 대결은 그러나 간단히 끝났다.

장한명의 몸에서 한 줄기 맑은 검빛이 치솟아 꿈틀거린다고 느끼는 순간, 정확히 일곱 마디의 비명이 터져 나왔다.

무림인들은 그 비명이 누구의 입에서 터져 나왔는지 곧 확인할 수 있었다.

비명은 바로 반천칠마신의 입에서 흘러나온 것이었다.

반천칠마신은 불신 가득한 눈빛으로 조용히 시선을 내려 자신의 가슴을 살폈다.

그들의 가슴은 깊이 갈라져 있었다.

그 깊은 상처에선 피가 콸콸 쏟아져 나오고 있었다.

반천칠마신은 절망했다.

보이지는 않았지만 장한명의 검은 그들의 심장까지도 베어버린 것이다.

보통 사람이었다면 그 자리에서 피를 토하며 절명했을 테지만 반천칠마신은 아직은 숨을 쉬고 있었다.

장한명 역시 충격을 받은 듯 심하게 흐트러진 모습이었지만 치명적인 상처를 입은 것 같아 보이진 않았다.

검으로 바닥을 짚은 채 장한명은 느릿하게 반천칠마신을 살피고 고개를 끄덕였다.

자신의 공격이 성공했음을 확신한 것이다.

무림인들과 신궁화의 얼굴에 일제히 희색이 떠올랐고, 반대로 백의성군 진유성은 망연자실한 표정이었다.

백의성군 진유성은 믿을 수가 없었다.

반천칠마신의 잠재력은 극성으로 끌어올려진 상태였다.

때문에 반천칠마신의 공격은 인간의 한계를 벗어난 것이었다.

그 공격을 받을 자는 인간 중에선 없을 거라 믿었던 백의성군 진유성이다.

그러나 장한명은 그 공격을 무사히 받았다.

무사히 받은 정도가 아니라 반천칠마신에게 치명적인 상처까지 안긴 것이다.

반천칠마신은 천천히 바닥으로 주저앉고 있었다.

이 믿을 수 없는 장면에 백의성군 진유성은 절망했다.

반천칠마신의 잠재력을 일시에 폭발시켜 장한명을 제거하려는 그의 계획은 결국 수포로 돌아가고 만 것이다.

백의성군 진유성은 신음처럼 장한명을 향해 물었다.

"방금 사용한 무공은……?"

백의성군 진유성은 장한명이 사용한 무공이 신무학 백팔번뇌가 아님을 알아본 것이다.

장한명은 간단히 대답했다.

"태을단봉삼검식."

"아아……."

　백의성군 진유성은 나직이 탄성을 발했지만, 그것으로 의문이 모두 풀린 것은 아니었다.

　태을단봉삼검식이 고대기인 태을자의 무공임을 모르는 바는 아니었지만, 그가 알고 있는 태을단봉삼검식은 신무학 백팔번뇌를 능가하는 무공은 아니었다.

　그런데 현실은 어떤가?

　태을단봉삼검식이 신무학 백팔번뇌로 무장한 반천칠마신에게 패배를 안긴 것이니, 이는 백의성군 진유성에겐 풀 수 없는 의문으로 남아 있었다.

　장한명은 암울한 눈빛으로 죽어가는 반천칠마신을 살피며 중얼거렸다.

　"무림인들에겐 백팔번뇌가 신무학일 수 있겠으나, 백팔번뇌만으로 무장한 우리들에겐 백팔번뇌보다도 태을단봉삼검식이 신무학인 셈이지. 물론 내공이 비슷해야 통하긴 하겠지만."

　장한명의 시선은 반천칠마신에게서 죽어 있는 황월교에게 옮겨졌다.

　"황 소저를 보면서 태을단봉삼검식을 떠올렸으니, 나를 살린 것은 결국 황 소저인 셈이지."

　장한명은 깊이 탄식하며 황월교를 안아 들었다.

　신궁화는 그런 장한명을 바라보며, 장한명이 전개한 태을단봉삼검식이 신무학임을 인정했다.

사실 역혈지체를 타고난 장한명이 사용하는 무공은 단순한 육합검법이라고 해도 신무학인 셈이었다.

같은 신무학 백팔번뇌의 무공이라고 해도 반천칠마신과 장한명이 사용하는 백팔번뇌는 그러므로 달라도 많이 달랐다.

그 점 때문에 그동안 반천칠마신은 장한명을 상대로 힘겨운 싸움을 할 수밖에 없었고, 전혀 새로운 무공인 태을단봉삼검식 앞에선 속수무책일 수밖에 없었다.

치명상으로 인해 반천칠마신의 잠재력은 일시에 와해되어 버렸다.

잠재력이 바닥나면서 반천칠마신에겐 손가락 하나 움직일 기력이 남아 있지 않았다.

십이경락이 검기에 의해 파괴가 되었고, 심장까지 손상을 입은 상태였다.

결국 바닥에 주저앉은 반천칠마신은 핏덩어리를 토해냈다.

"후우……."

그들은 길게 한숨을 내쉬었다.

그리고 담담한 눈빛으로 주변 무림인을 돌아보더니 장한명을 향해 다시 시선을 옮겼다.

장한명은 그들의 눈빛에서 살기와 마기가 사라졌음을 느꼈다.

오래전에 봤던 순수했던 눈빛을 반천칠마신의 눈에서 볼 수 있었다.

한때는 철부지처럼 함께 뛰놀았던 친구들이다.

신무학 백팔번뇌의 치명적 부작용으로 마성에 빠져들면서 서로 적으로 갈라지게 되었지만, 예전의 본성을 되찾은 반천칠마신을 보면서 장한명은 가슴이 아파왔다.

난초 소녀 하란이 해맑게 웃어 보였다.

그런 그녀는 힘겹게 입술을 달싹였다.

"고… 마… 워……."

신유도 핏물과 함께 한마디를 흘려냈다.

"먼… 저… 간… 다… 친구……."

그리고 모두가 이구동성으로 한마디를 남겼다.

"그… 동… 안… 미… 안……."

이것이 그들이 남긴 마지막 말이었다.

그들은 앉은 자세 그대로 고개를 꺾었다.

신무학 백팔번뇌로 창조된 괴물들은 이렇게 하여 모두 이 땅에서 사라진 것이다.

죽은 그들의 모습은 오히려 편안해 보였다.

자신들의 의지와는 상관없이 마물로 전락한 그들은 마지막 순간엔 미안하다는 말을 남겼다.

그래서 장한명의 가슴은 더욱 저려왔다.

장한명은 죽은 그들의 부릅뜬 눈을 조용히 감겨주었다.

“너희들에겐 죄가 없다. 너희들도 피해자일 뿐이다.”

천천히 일어선 장한명은 백의성군 진유성을 향해 몸을 돌렸다.

백의성군 진유성을 바라보는 장한명의 두 눈에선 차가운 한기가 쏟아져 나왔다.

“죄가 있다면 저 인면수심의 인간이겠지. 그러므로 마땅히 개죽음을 당해야 할 사람은 너희들 일곱이 아니라 저 인간이다.”

장한명은 천천히 백의성군 진유성을 향해 다가갔다.

백의성군 진유성의 눈빛은 크게 흔들렸다.

그가 지닌 최고의 살인무기 반천구마신이 모조리 죽임을 당한 이상, 장한명을 상대할 무기란 더 이상은 없었다.

무림인들도 더 이상 백의성군 진유성의 편은 아니었다.

오히려 적의를 지니고서 백의성군 진유성을 대하고 있는 무림인이었다.

그러므로 백의성군 진유성은 사면초가에 몰린 셈이었다.

‘후일을 도모한다.’

백의성군 진유성으로선 한 가지를 선택할 수밖에 없었다.

어떻게든 이 자리를 피하고 보는 것이 최선의 선택이었다.

백의성군 진유성은 체면마저 도외시한 채로 허공으로 신형을 날려갔다.

쿠우우…….

　백의성군 진유성이 도주를 꾀하자 무림인들은 술렁였다.
　천하의 백의성군 진유성이 쥐새끼처럼 줄행랑을 칠 거라 생각한 무림인들은 없었던 것이다.
　그러나 그들은 예상하지 못했지만 장한명은 백의성군 진유성의 도주를 예상하고 있었다.
　도주로까지 예상하고 그 앞을 막아섰다.
　백의성군 진유성의 얼굴에 당혹감이 스쳤다.
　"물러서라!"
　백의성군 진유성은 일갈을 토하며 앞을 막아선 장한명을 향해 순식간에 십여 장을 날렸다.
　그러나 그가 날린 십여 장은 장한명의 몸에 닿기도 전에 소멸되어 버렸다.
　장한명은 차갑게 말했다.
　"당신이 뿌린 씨앗은 당신 손으로 거두어야 하는 것이 아니겠나. 반천구마신은 내 손으로 거두었으니 역천신마는 당신 손으로 거두도록."
　백의성군 진유성은 음산하게 웃었다.
　"흐흐… 천천히 거두어주마. 아주 잔인하게 뿌리째 뽑아주지."
　장한명은 고개를 저었다.
　"앞으로 기회가 다시 주어지지 않을 것이다. 그러니 이 자리에서 당장 뽑도록!"

순간 백의성군 진유성의 호법사자들이 나섰다.

"우리가 대신 뽑아주마!"

그러나 호법사자들은 흠칫했다.

그들의 앞을 구파일방의 장문인과 방주가 막아섰기 때문이다.

소림장문인 대현 선승은 장한명을 향해 합장했다.

"쥐새끼를 잡는 데 소 잡는 칼을 써서야 되겠소. 이들은 우리들에게 맡기시오, 젊은 시주."

장한명은 마주 합장했다.

"고맙습니다."

동시에 장한명은 허공으로 신형을 날렸고, 호법사자들은 구파일방 장문인과 방주의 공격을 받으며 결국 자신들의 임무 수행을 포기할 수밖에 없었다.

사태가 이렇게 돌아가자 백의성군 진유성은 지그시 입술을 깨물었다.

장한명이 앞을 막아서고 있는 이상 도주가 불가능함을 깨닫고 포기해야 했다.

그는 조용히 말했다.

"날 죽일 수 있겠나?"

장한명은 간단히 고개를 끄덕였다.

"파리 한 마리 잡는 거보다도 더 간단히."

백의성군 진유성은 푸들푸들 몸을 떨었다.

자신의 생전에 이런 치욕적인 말을 듣게 되는 날이 올 거라 어찌 꿈인들 꿔봤겠는가.

그러나 시간이 흐르면서 백의성군 진유성은 냉정을 되찾아졌다.

백의성군 진유성은 느릿하게 고개를 저었다.

"넌 날 죽일 수가 없다."

"이유는?"

"이유는……."

백의성군 진유성의 시선이 신궁화에게로 향했다.

"그걸 원하지 않는 사람이 있기 때문이지."

장한명의 시선도 백의성군 진유성의 시선 따라 옮겨졌다.

장한명은 갸웃했다.

신궁화는 천천히 목대로 올라섰다.

이어 장한명과 백의성군 진유성에게로 다가서며 고개를 끄덕였다.

"불행히도 그렇습니다, 장 공자."

장한명은 신궁화의 말이 이해가 되질 않았다.

"어째서 그런지요, 야주?"

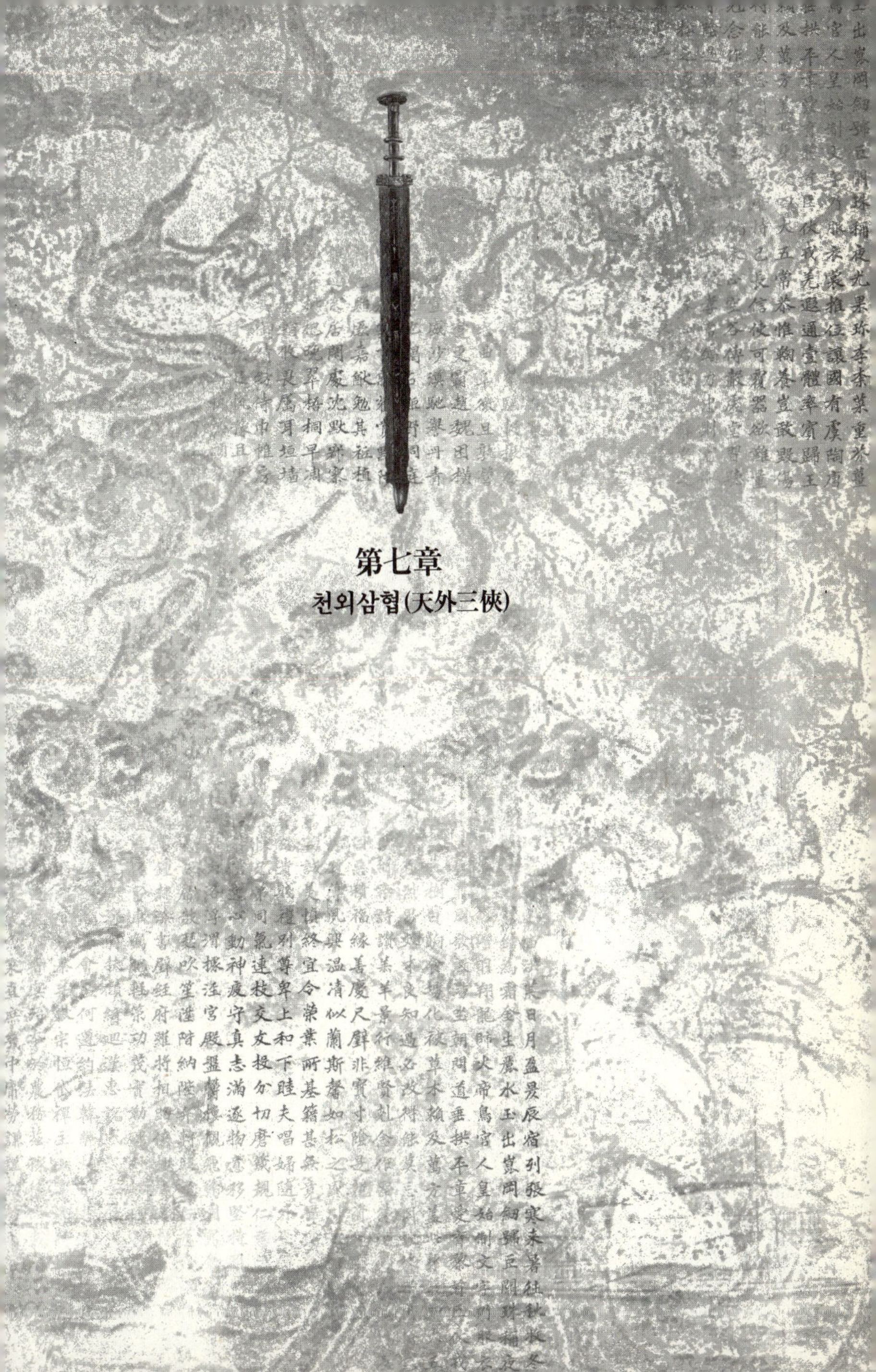

第七章
천외삼협(天外三俠)

百八煩惱

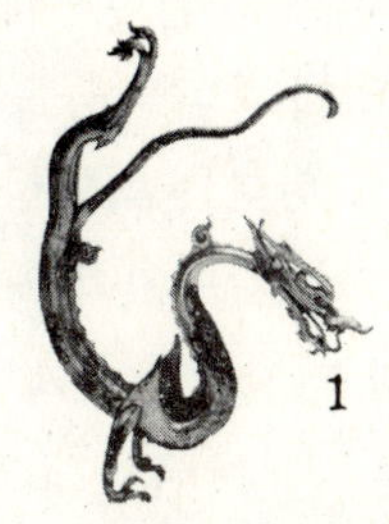

신궁화는 탄식했다.

"반천구마신을 고스란히 넘겨줄 수밖에 없었던 이유와 같
은 이유입니다."

"……?"

갈수록 오리무중에 빠져드는 장한명이었다.

신궁화는 어렵게 말을 이었다.

"십여 년 전 이 땅의 난세가 평정되고, 십 년 평화가 시작될
그 무렵, 백의성군 진유성은 우리 신궁세가 가솔 일백삼십 명
을 천의맹으로 초대했습니다. 천의맹의 천외천궁은 그렇게
하여 탄생되었던 것입니다."

“아… 천외천궁이 신궁세가의 가솔들로…….”

“북천신유 신궁천이 신궁세가의 사람이라는 사실이 세상에 알려질 경우, 천의맹에 앙심을 품은 자들로 인해 신궁세가 전체가 사지에 빠질 수 있다는 백의성군 진유성의 설득으로 신궁세가의 가솔들은 어쩔 수 없이 평생을 살아왔던 터전을 버리고 천의맹을 삶의 터전으로 삼게 되었지만… 사실은 그것이 북천신유는 물론, 천뇌원주 사마량의 발목을 잡는 족쇄가 되었던 것입니다.”

“그들을 인질로?”

“그렇습니다.”

“음… 정말 나쁜 인간이로군.”

“가솔 중엔 어머니도, 할머니도 계십니다. 그러니 그들을 버릴 수야 없지 않겠습니까.”

“아아…….”

장한명은 이해가 간다는 표정으로 고개를 끄덕였다.

그리고 신궁화의 말은 나직했지만, 무림인들 모두가 들을 수 있었다.

무림인들의 얼굴에 실망과 분노가 어우러졌고, 백의성군 진유성은 평소의 온유한 표정을 되찾고 있었다.

장한명은 백의성군 진유성을 바라보며 신궁화에게 물었다.

“저자를 죽이면 어떻게 되는 거요?”

신궁화는 간단히 대답했다.

"신궁세가의 가솔 모두가 죽게 됩니다."

"음… 그런 장치가 이미 되어 있는 거요?"

"천의맹의 천라지대망이란 난세무림을 위해 준비된 것이 아니라 신궁세가를 위해 준비된 것입니다. 언제든 신궁세가의 가솔들을 제거할 수 있는 그런 장치입니다. 백의성군 진유성이 죽임을 당하면 그 장치도 가동이 되겠지요."

"그래도 죽인다면?"

"……."

신궁화는 대답을 하지 못했다.

장한명은 천천히 백의성군 진유성을 향해 걸어가며 말했다.

"난 지금 이자를 제거할 생각이오, 야주."

"……."

신궁화의 얼굴은 굳어졌다.

백의성군 진유성 또한 당황한 표정이 되었다.

장한명은 담담히 말했다.

"인질 때문에 이자에게 평생 끌려 다녀야 한다면, 무림은 이자의 교활한 농간에 놀아나 결국은 반천구마신과 같은 괴물들을 또 만들어야 할 거요. 아니, 이번엔 더 강한 괴물을 만들라는 요구를 할지도 모릅니다."

"……."

신궁화는 한마디 반론을 제기하지 못했다.

장한명의 말은 현재 복잡하게 얽혀 있는 신궁세가와 백의성군 진유성의 정곡을 찌르는 말이었기 때문이다.

신궁화는 몇 번을 망설이다가 겨우 입을 열었다.

"그래도 말리고 싶습니다. 이것이 욕심인지는 모르지만……."

장한명은 걸음을 멈추었다.

"가솔들을 생각하는 야주의 마음을 모르는 바는 아니지만, 그렇다고 해도 이번엔 내 뜻대로 하겠소."

"소녀의 어머니와 할머니… 그리고 나이 어린 조카들도 있습니다."

"……."

장한명은 천천히 신궁화를 향해 몸을 돌렸다.

처연한 얼굴로 자신을 바라보고 있는 신궁화를 지그시 바라본 후 느릿하게 입술을 열었다.

"야주에겐 한 가지 특별한 능력이 있소. 그것은 미래를 보는 예지력이오. 어쩌면 지금 그것이 가장 필요한 것인지도 모르겠소."

"무슨 뜻이온지……?"

"신궁세가 가솔들의 운명이 어찌 될지 미리 보시라는 거요."

"보려 한다고 모두 볼 수 있는 건 아니라고 말씀드렸습니다.”

“그래도 보시오.”

“그… 그건……”

“난 무림 일엔 관심이 없소. 그렇다고 해도 신궁세가의 가솔들을 위해 무림 전체를 희생시켜야 한다는 건 분명히 잘못된 일이오.”

“아아……”

“죽을 힘을 다해서라도 신궁세가 가솔들의 운명을 보도록 하시오. 그들이 앞으로 십 년 후에도 살아남아 있는 모습을 당신이 보게 되기를 간절히 기도하겠소.”

“……”

“반대의 비참한 상황이 보인다면 언제라도 날 공격해서 죽이시오. 당신의 어떤 공격이라도 담담히 받아들이겠소.”

이어 장한명은 몸을 다시 돌렸다.

그리고 말없이 백의성군 진유성을 향해 걸어갔다.

신궁화의 몸은 가늘게 떨렸다.

신궁세가의 식솔들을 생각하면 장한명을 막아야 했지만, 그녀는 저 어린 소년의 가슴에 맺힌 한을 잘 알기에 결코 막을 수가 없었다.

장한명은 백의성군 진유성의 앞에 섰다.

백의성군 진유성은 억지 미소를 띠어 보였다.

“후후… 마음의 결정이 내려진 건가?”

장한명은 고개를 끄덕였다.

"그렇소."

백의성군 진유성의 눈빛이 가늘게 흔들렸다.

"후회하지 않겠나?"

장한명은 고개를 다시 끄덕였다.

"아마도 후회하게 될 거요."

"평생을 후회하게 되겠지."

"그럴 거요."

"그건 너무 고통스럽지 않겠나?"

"내 일이오. 당신이 걱정해야 할 문제는 아니니 지금은 당신 걱정이나 하시는 게 어떻겠소?"

"내 걱정이라……."

백의성군 진유성은 쓰게 웃었다.

그는 느릿하게 무림인들을 둘러봤다.

한때는 천하무림인을 위에서 아래로 굽어보던 그였다.

그러나 지금은 모두 그에게서 등을 돌렸다.

"어쩌다… 이 지경이 되었는지……."

백의성군 진유성은 허공을 응시했다.

그리고 처연한 중얼거림을 흘렸다.

"결국 어르신께서 이기셨습니다. 당신의 말씀처럼 순리대로 살 것을 그랬습니다. 티끌만 한 욕심을 버리지 못해 결국 나 자신을 버리게 되는 지경에 이르렀습니다."

백의성군 진유성은 장한명을 향해 몸을 똑바로 세웠다.

"내게 기회를 주겠나?"

"……?"

"내 최후를 다른 사람 손에 맡기고 싶은 생각은 없네. 그것이 내 마지막 자존심일세."

"자결할 기회를 달라?"

장한명은 미간을 살짝 찌푸렸다.

눈을 감았다 뜨며 장한명은 말했다.

"불행히도 당신에겐 그럴 자격조차 없다는 거 아시오?"

이 말에 백의성군 진유성의 얼굴은 굳어졌다.

백의성군 진유성은 허탈하게 웃었다.

"허허… 그런가?"

"그러기엔 당신은 죄를 너무 지었소."

쿠우우…….

장한명의 신형이 움직였다.

백의성군 진유성은 자신을 향해 빠르게 다가서는 장한명을 피하지 않았다.

피하려 해도 피할 수 없음을 누구보다도 잘 알고 있는 백의성군 진유성이었다.

삼백육십방위를 완벽하게 차단하며 시전되는 저 신의 무학을 어찌 피할 수가 있단 말인가?

백의성군 진유성은 그저 감상하는 기분으로 장한명을 바

라볼 뿐이었다.

무림인들의 시선도 일제히 장한명의 움직임에 쏠려 있었다.

신궁화는 차라리 눈을 감았다.

백의성군 진유성의 죽음과 함께 그 운명을 같이 할 신궁세가의 가솔들을 생각하면 눈물보다 진한 슬픔이 가슴 밑바닥으로부터 치솟아올랐다.

퍼억!

장한명의 손은 백의성군 진유성의 목을 움켜잡았다.

백의성군 진유성의 몸이 장한명의 손을 따라 위로 떠올랐다.

대롱대롱 매달려 있는 백의성군 진유성의 몸은 한 시대 최고의 영웅으로 군림했던 자의 말로치고는 참으로 비참했다.

무림인들의 표정은 착잡했다.

장한명은 그러나 그 표정이 흔들리지 않았다.

백의성군 진유성을 향해 공격을 펼치던 그 표정 그대로 얼음처럼 차가웠다.

장한명은 백의성군 진유성의 목을 잡은 채로 말했다.

"당신이 비참하게 죽어야 하는 이유는 당신이 더 잘 알고 있을 테지만 한 가지는 모르고 있을 거 같아 말을 하겠소."

"커……."

백의성군 진유성의 얼굴은 고통으로 일그러졌다.

이마를 타고 식은땀이 흐르기 시작했으며 두 눈은 시뻘겋게 충혈되기 시작했다.

장한명은 먼 허공을 보며 말을 이었다.

"신무학 백팔번뇌의 부작용을 알았을 때 당신은 멈추었어야 했소. 천뇌집무헌의 일천여 시험자를 피신시켰어야 했고, 반천구마신을 격리시켰어야 했소. 그랬다면 그런 끔찍한 사고는 일어나지도 않았을 거요."

"컥… 그건 천뇌원주… 사마량의 권한……."

"천뇌원주 사마량의 뒤엔 늘 당신이 있었소."

"커어……."

"천뇌원주 사마량도 반천구마신도 따지고 보면 피해자일 뿐이오. 천하무림을 다시 삼키려는 야욕으로 인해 희생된 사람은 그 수를 헤아릴 수 없을 정도로 많소. 그들은 당신이 스스로 편안하게 자결하는 것을 원치 않을 것이오."

"커어……."

"나 또한 그걸 원치 않소. 당신으로 인해 희생된 수많은 사람들아 죽어가면서 느꼈을 그 끔찍한 고통을 당신도 당해야 하오. 죽음보다 더한 그 고통을."

순간 콰악! 장한명은 백의성군 진유성의 목을 잡은 손에 힘을 주었다.

우둑!

백의성군 진유성의 목이 부러져 나가는 듯한 소리가 들

렸다.

늘 부드러운 눈빛만을 흘려내던 백의성군 진유성의 두 눈에 핏물이 고였다.

피를 쏟아내 듯 장한명은 그동안 쌓인 한을 토해냈다.

"지난 이 년의 세월 지옥 같은 곳에 갇혀서 지내면서 우린 한 가지만을 생각했소. 참고 기다리면 우린 언젠가는 일류가 될 것이다. 지금의 고통은 훗날 백배 천배로 보상되리라."

"끄으……."

"그런데 그들 대부분이 처참하게 죽임을 당했소. 이제 그렇게 죽어간 그들에게 줄 수 있는 보상은……."

콰악!

장한명은 손에 힘을 더욱 주었다.

"꺼어어……."

백의성군 진유성의 칠공은 솟아오르는 피로 물들었다.

핏줄이 솟아오르기 시작했고, 백의성군 진유성의 얼굴에 고통이 떠올랐다.

"바로 이것이오."

장한명은 손에 힘을 풀었다.

털썩…….

백의성군 진유성은 힘없이 바닥으로 무너져 내렸다.

한 시대를 풍미했던 영웅의 말로는 비참했다.

바닥에 떨어져 꿈틀거리는 그의 모습은 목불인견이었다.

이미 목이 부러진 상태였으며, 숨을 쉴 수조차도 없는 상태
였다.
솟아오른 핏줄이 터지기 시작했다.
분수처럼 솟아오르는 핏물은 혈화로 만개했다.
죽어가는 백의성군 진유성은 북천신유를 떠올렸다.
멀리서 아득히 들려오던 북천신유의 꺼져 가는 목소리.

"어찌… 후회가… 없겠는가… 이 늙은이의… 마지막 순간
이… 정해져 있듯이… 성군 자네의 마지막 순간도… 정해져 있
는 것을… 자네의 심장에 박힐 비수는… 장한명… 장한명… 장
한명… 그 아이인 것을……."

결국 이 말을 마지막으로 떠올리면서 백의성군 진유성은
조용히 고개를 꺾었다.
마치 앞서 자신의 손에 죽어간 북천신유를 경배하듯 그는
앞으로 허리를 꺾고, 고개를 숙인 자세였다.
백의성군 진유성을 끝까지 지탱했던 숨결은 조용히 꺼졌
다.
한때 그를 따르던 수많은 무림인들 앞에서 그는 최후를 맞
은 것이다.
장한명은 조용히 황월교의 시신을 안아 들었다.
그리고 목대에서 천천히 내려와 무림인들 사이로 걸어나

갔다.

무림인들은 이 젊은 영웅에게 순순히 길을 터주었다.

이제 장한명은 그들에게 더 이상 역천신마가 아니었다.

무림인들 사이로 유의종의 모습도 공유선생의 모습도 비쳐졌다.

황월교의 죽음을 애도하듯 유의종의 얼굴은 진한 슬픔에 잠겨 있었고, 공유선생은 장한명을 향해 말없이 고개만을 숙여 보였다.

말을 하지 않아도 공유선생은 진심으로 이 젊은 영웅에 대해 그가 표현할 수 있는 최대의 경의를 표하고 있는 것이다.

2

무림대회를 통해 다시 한 번 난세의 영웅으로 재탄생되고자 했던 백의성군 진유성의 꿈은 장한명의 등장으로 결국 수포로 돌아갔다.

끝없는 자신의 야욕을 채우기 위해 마교를 부활시키고, 무림을 지옥으로 만들고자 했던 백의성군 진유성의 양의 탈은 적나라하게 무림대회를 통해 공개되었고, 그 대가는 참혹했다.

무림 십 년 평화를 가져왔던 위대한 영웅 백의성군 진유성은 역천신마의 손에 개죽음을 당했다.

백의성군 진유성의 살인무기인 반천칠마신 역시 최후를 맞았고, 그로서 무림대회는 새로운 영웅 한 명을 탄생시켰다.

천하무림의 공적으로 지목이 되었던 역천신마가 무림대회를 통해 재평가되었으며, 장한명이야말로 이 시대의 진정한 영웅임이 무림인의 눈을 통해 드러나게 되었던 것이다.

아울러 신무학 백팔번뇌의 가공할 위력이 장한명을 통해서 입증되었다.

천하제일인 백의성군 진유성은 손 한 번 제대로 써보지 못하고 장한명에게 죽임을 당했고, 반천칠마신과 장한명이 치른 공전절후의 일전은 무림인들의 눈을 새롭게 뜨게 했다.

그 일전을 지켜보는 무림인들은 심한 무력감에 빠졌다.

자신들이 그동안 피와 땀을 쏟아 익힌 무공들은 신무학 백팔번뇌와 비교하면 쓰레기에 지나지 않음을 절감했던 것이다.

이것은 신무학 백팔번뇌에 대한 두려움이기도 했고, 신무학 백팔번뇌로 무장한 장한명에 대한 두려움이기도 했다.

무림대회에 참석했던 무림인들이 장한명을 난세의 영웅으로 함부로 추대할 수 없는 이유는 거기에 있었다.

장한명이 비록 백의성군 진유성을 제거하긴 했지만, 장한명이 정과 사 어느 쪽에 적을 두고 있는지에 대해선 아무도 이것이다, 라고 말할 수 있는 사람은 없었다.

아직은 마교라는 거대한 산이 도사리고 있다.

마교의 부활이 백의성군 진유성에 의해 이루어졌다고는 하지만, 백의성군 진유성이 마교를 직접 진두지휘했던 것은 아니었던 만큼 마교의 실세는 따로 있다고 봐야 하는 것이다.

만에 하나 장한명이 마교와 손을 잡기라도 한다면, 그것은 정파무림에 사약을 내리는 참혹한 결과를 가져올 것이다.

그야말로 정파무림의 종말인 셈이었다.

난세를 고대했던 무림인들이지만, 그것은 정과 사의 균형이 맞추어졌을 때 얘기지, 어느 한 쪽이 종말을 가져왔을 때의 얘기는 아니었다.

그러므로 무림인들은 장한명의 행보에 전전긍긍할 수밖에 없었다.

장한명의 일거수일투족이 천하무림인의 최대 관심사일 수밖에 없는 이유가 거기에 있었다.

3

장한명은 황산의 양지바른 곳에 황월교의 봉분을 정성스레 만들었고, 사흘 동안을 봉문 주변에서 머물렀다.

자신을 위해 기꺼이 한 목숨 버리기를 아까워하지 않았던 황월교에 대한 깊은 애도의 마음은 사흘이 지난 뒤에도 끝이 난 것은 아니었지만, 장한명은 나흘째가 되는 날 황월교와 작별을 고했다.

장한명에겐 아직 할 일이 남아 있었기 때문이다.

4

오악(五嶽)을 보면 다른 산이 보이지 않고, 황산을 보면 그
조차 보이지 않는다라는 말이 있다.

특히 황산의 설경은 다른 산과 비교할 수 없을 만큼 장관이
었다.

밤새 내린 폭설로 황산 전체가 백색으로 곱게 채색이 되어
있었고, 천의맹 역시도 백색 일색이었다.

백의성군 진유성이 죽임을 당한 이후, 천의맹은 깊은 정적
에 빠져 있었다.

많은 수의 천의맹도들이 천의맹을 떠나 고향으로 돌아갔
다.

무림 성지로 불렸던 천의맹은 백의성군 진유성의 두 얼굴
이 드러나면서 급기야 무림 복마전으로 불리게 되었다.

마교와 천의맹이 같은 길을 걸었고, 천의맹의 고수들이 마
교 소속으로 활동도 했었다는 사실에 무림인들은 분노했다.

그러므로 천하무림인들은 이제 마교와 천의맹을 하나의
문파로 보기 시작했다.

졸지에 정의의 수호신이던 천의맹이 마교로 전락하고 만
것이다.

그 때문인지 천의맹의 정문은 며칠째 굳게 닫힌 채 열릴 줄을 몰랐다.

다수의 천의맹도들이 고향으로 돌아간 이후, 외부인이든 내부인이든 정문을 통과하는 사람은 단 한 사람도 없었다.

쿠쿠…….

침묵하던 천의맹의 정문이 육중한 소리를 내며 열린 것은 백의성군 진유성이 죽은 지 열흘째가 되는 날이었다.

그 열린 정문으로 가장 먼저 모습을 보인 사람은 신기제갈 화운이었다.

그녀는 온통 백색으로 치장된 황산의 설경을 접하며 감개무량한 표정을 지어 보였다.

초췌한 모습이긴 해도 표정은 밝아 보였다.

그녀의 뒤엔 천뇌원주 사마량이 따르고 있었으며, 그 뒤로는 백여 명이 넘는 순박한 모습의 남녀노소가 있었다.

그들은 탈속해 보였으나 무림인이라는 느낌은 어디에서도 찾아볼 수가 없었다.

그 뒤로는 묵상와 공손우가 역시 밝은 표정으로 따르고 있었다.

공손우의 뒤로는 백팔적혈곤수의 모습도 보였다.

백팔적혈곤수 가운데 묘화는 누군가를 애타게 찾는 듯 정문 밖을 열심히 두리번거리고 있었다.

설경을 바라보며 감개무량함에 빠져 있던 화운의 눈빛이

문득 파르르 떨렸다.

그녀의 떨리는 눈빛에 조용히 비쳐진 사람은 장한명이었다.

백색 유삼을 단아하게 걸친 장한명이 신궁화와 대력패천왕을 대동하고 갑자기 솟아오르듯 화운의 면전에 나타난 것이다.

"아아……."

화운은 장한명을 발견하고는 쓰러질 듯 휘청했다.

장한명이 휘청하는 자신을 부축하자 화운은 울음을 터뜨리며 그에게 안겼다.

장한명은 흐느끼는 그녀의 어깨를 토닥거리며 다정하게 말했다.

"괜찮소?"

화운은 눈물을 흘리며 고개를 끄덕여 보였다.

"괜찮습니다."

"불편한 곳이라도?"

"전혀……."

"다행이로군요."

"보고 싶었습니다. 그리고 고맙습니다."

화운은 다시 한 번 장한명을 힘주어 끌어안았다.

그녀의 몸은 비에 젖은 새처럼 가엾게 떨고 있었다.

장한명은 속삭였다.

“이제 이 지긋지긋한 곳을 떠나도록 합시다.”

화운은 눈물 젖은 얼굴을 들어 올리며 배시시 웃어 보였다.

“그래요. 우리 아주 멀리 가요. 무림이라는 세계가 없는 곳으로. 서로 죽고 죽이는 일이 없는 곳으로.”

신궁화가 나섰다.

“장소는 제가 제공해도 되겠는지요?”

화운은 고개를 끄덕였다.

“그런 곳이 있나요?”

신궁화는 빙그레 웃었다.

“물론이지요. 청소까지 아주 깨끗하게 되어 있는 곳이 있습니다.”

대력패천왕이 팔소매를 거두며 말했다.

“까짓 청소가 안 되어 있는 곳이라도 상관없습니다. 남는 게 힘 아니겠습니까요, 헤헤……”

이 말에 신궁화와 화운, 장한명의 얼굴에 웃음꽃이 활짝 피어올랐다.

이어 신궁화는 천뇌원주 사마량을 스쳐 뒤쪽의 순박한 남녀노소를 향해 걸어갔다.

신궁화가 걸어오자 남녀노소 모두가 반색했다.

남녀노소들은 반가움에 눈물까지 흘렸다.

“어머니… 할머니……”

신궁화는 두 명의 노부인을 끌어안고 펑펑 울기 시작했다.

　좀처럼 흐트러진 모습을 보이지 않던 신궁화였지만, 노부인들 앞에선 그저 어린아이일 뿐이었다.

　노부인도 신궁화를 끌어안은 채 하염없이 눈물을 흘렸다.

　할 말은 수없이 많았지만, 목이 잠겨 말을 못하고 있었다.

　그저 그녀들은 눈빛으로 서로의 무사함을 확인했고, 떨리는 몸으로 감동을 전했다.

　한동안 그들은 그렇게 오랜 해후의 기쁨을 나누었다.

　장한명은 잠시 그들을 바라보다가 느릿하게 천뇌원주 사마량에게 다가섰다.

　장한명은 묘한 표정의 천뇌원주 사마량을 바라보며 물었다.

　"이제 내 할 일은 다 끝난 거 같소."

　천뇌원주 사마량은 갸웃했다.

　"이제 시작이 아닌가?"

　장한명은 고개를 저었다.

　"무림을 떠날 생각입니다."

　이 말에 천뇌원주 사마량과 묵상, 공손우는 흠칫했다.

　천뇌원주 사마량의 눈에 가벼운 이채가 떠올랐다.

　"자네가 마음만 먹는다면 천하무림은 자네 것이 될 수가 있네."

　장한명은 피식 웃었다.

“그러기 위해선 당신들과 또 한 판의 드잡이질을 펼쳐야 하겠지요. 그래서 얻는 것이 천하무림이라면 전 사양하겠습니다.”

“자네가 원한다면 마교는 천하무림을 자네에게 기꺼이 넘기도록 하겠네.”

“사양한다고 말씀드렸습니다.”

“헛허……”

천뇌원주 사마량은 허탈하게 웃었다.

참으로 어처구니가 없었다.

자신이 그토록 갈구했던 천하무림 패주에 대한 야망을 간단히 사양해 버리는 이 어린 소년을 보면서 자신이 그동안 품었던 야망이 초라하게 느껴졌던 것이다.

천뇌원주 사마량은 다시 물었다.

“후회하지 않을 자신이 있나?”

장한명은 빙그레 웃었다.

“때려 죽여도 무림에 다시 나오지 않을 자신은 있습니다.”

“허허……”

“그처럼 고생해서 얻은 신무학 백팔번뇌가 아깝지 않겠나?”

“글쎄요. 호미와 괭이질 할 때 써먹는다면 아까울 것도.”

“헛허허……”

천뇌원주 사마량은 다시 허탈하게 웃었다.

자신이 심혈을 기울여 탄생시킨 신무학 백팔번뇌를 농사 짓는 데에 써먹겠다는 장한명의 말에 기가 막혔던 것이다.

천뇌원주 사마량은 고개를 끄덕였다.

"잘된 일이로군. 자네가 무림을 떠나준다면 내가 세상을 지배하기가 훨씬 편해질 테니 말이지. 그래도 되겠나?"

장한명은 신궁화와 화운이 다정하게 서 있는 곳으로 몸을 돌려 걸어가며 말했다.

"상관없소, 누가 무림의 패주가 되든. 그건 무림인들의 일일뿐이니까. 난세이든 평화시대이든 무림은 또 그렇게 굴러갈 테니까 말이오."

"한 가지만 더 물어도 되겠나?"

천뇌원주 사마량의 말에 장한명은 천천히 걸음을 멈추었다.

천뇌원주 사마량은 말을 이었다.

"난 신무학 백팔번뇌를 탄생시킨 창조자일세. 그로 인해 반천구마신도 탄생된 셈이고. 일천의 시험자가 죽임을 당하는 사고도 나로 인해 발생한 셈일세."

"……."

"그런데 날 죽이지 않은 이유가 뭔가?"

"그건……."

장한명은 잠시 생각하는 듯하더니 이내 말을 이었다.

"이유는 한 가지요."

“······?”

“당신이 아니었다면 나의 진화는 불가능했을 테고, 그리되면 난 일천여 시험자의 복수를 영원히 하지 못했을 거요.”

“난 자네를 이용해서 내 야욕을 채우려 한 것뿐이네.”

“어쨌든 난 복수를 끝냈소. 그러므로 내 할 일은 다한 셈이오. 당신에게 고마움을 느끼지는 않지만, 제거할 생각은 없소.”

“내 부질없는 야욕이 아니었다면 반천구마신도 탄생하지 않았을 테고… 자네도 죽을 고비를 넘기지 않았을 것이네.”

장한명은 피식 웃었다.

“지금 나더러 당신을 죽여달라는 거요?”

“이치가 그렇다는 걸세. 나를 제거해야 자네의 복수는 완성된다는 것일세.”

“나도 한 가지 물어도 되겠습니까?”

“말하게.”

“백의성군 진유성이 신궁세가의 가솔들을 인질로 잡고, 자신이 누군가에게 죽임을 당한다면 신궁세가의 가솔들은 자신을 따라 지옥으로 가게 될 거라고 큰소리를 쳤는데······.”

“······.”

“당신은 어떤 방법으로 신궁세가의 식솔들을 무사히 구해낸 것이오?”

“백의성군 진유성이 한 가지를 간과했기 때문이네.”

"한 가지라면?"

천뇌원주 사마량은 빙그레 웃으며 대답했다.

"북천신유 그 어르신을 잊고 있었던 것이 그걸세."

"무슨 뜻인지?"

"북천신유 어르신은 자신의 최후를 예감하고, 백의성군 진유성으로부터 죽임을 당하기 전에 세상에 세 가지 안배를 남겼네."

"아……."

"그 한 가지는 자네이고……."

"음……."

"또 한 가지는 신궁화라는 자기와 닮은 손녀이고……."

"아아……."

"마지막 한 가지는……."

천뇌원주 사마량의 시선은 화운에게로 향했다.

"마지막 한 가지는 신기제갈 화운이었네."

"아……."

장한명은 나직이 탄성을 토했다.

천뇌원주 사마량의 말은 부드럽게 이어졌다.

"이 세 가지 안배가 언젠가는 백의성군 진유성의 숨통을 자를 거라고 그분은 확신하셨고, 결국 그분의 안배는 그분의 예견대로 백의성군 진유성의 숨통을 잘랐네."

"그것이 저의 질문과 어떤 연관이라도?"

"백의성군 진유성은 천외천궁에 세상에서 가장 강력한 사진(死陣)을 설치하여, 주기적으로 그 사진의 설정을 변경하지 않으면 폭발이 되도록 했네. 폭발이 되면 천외천궁에 감금된 신궁세가의 가솔들 전부가 죽게 되는 것이었네."

"그렇다면 그 사진을?"

"바로 신기제갈 화운 전주께서 그 사진을 파훼하는 방법을 알고 있으리라고는 백의성군 진유성도 미처 생각하지 못했던 것일세."

"아아……."

"화운 전주의 도움이 절대로 컸네. 우리 신궁세가의 일백삼십 가솔의 은인일세."

장한명은 고개를 끄덕였다.

"그렇군요."

장한명은 신궁화와 화운을 향해 다시 걸음을 옮겼다.

그리고 먼산에 시선을 던져 놓고 담담히 말했다.

"당신은 당신의 야욕을 위해서 철저히 백의성군 진유성의 지시대로 따랐습니다. 당신의 야욕이 우선이었다면 이미 세상은 당신의 것이 되어 있을 테지요."

"……."

"그것이 제가 당신을 죽이지 않는 이유이기도 합니다."

"음……."

"그리고 또 한 가지……."

　장한명은 신궁화와 화운의 손을 잡으며 말을 이었다.

　"언젠가는 내 자식들에게 '네 할아버지를 죽인 사람이 바로 아버지란다' 라는 말을 할 수야 없기 때문이오."

　이 말에 신궁화는 얼굴을 붉혔고, 천뇌원주 사마량은 부르르 몸을 떨었다.

　신무학 백팔번뇌의 창조자가 한순간에 무너져 내리는 듯한 모습을 보여주고 있었다.

　"갑시다."

　장한명은 신궁화와 화운의 손을 잡고 다시 뿌려지는 눈송이 사이를 걸어가기 시작했다.

　신궁화와 화운은 행복한 얼굴로 그 뒤를 따랐고, 신궁세가의 식솔들도 약속이라도 한 듯 장한명의 뒤를 따랐다.

　"같이 갑시다요, 주인!"

　대력천패왕이 허겁지겁 장한명을 따라 눈길을 달려나갔다.

　백팔적혈곤수 가운데 묘화도 천뇌원주 사마량의 눈치를 보더니 결심한 듯 말했다.

　"소녀도 따라가겠습니다."

　천뇌원주 사마량은 흠칫했다.

　"하지만 너는 우리를 떠나서는 살 수 없는 몸이 아니더냐?"

　"일주일만을 살아도 떠나겠습니다."

“허허······.”

천뇌원주 사마량은 떠나는 묘화를 보며 쓰게 웃었다.

그리고 멀어지는 장한명 일행을 바라보며 중얼거렸다.

“부질없는 짓에 너무 많은 시간을 낭비했도다. 더 이상 낭비한다면 바보가 아니겠는가.”

이어 천뇌원주 사마량은 묵상과 공손우를 바라보며 말했다.

“이제 세상은 너희들의 것이다. 나는 신궁의 성을 다시 찾을 생각이다.”

공손우가 공손히 물었다.

“후회는 없으시겠습니까?”

천뇌원주 사마량은 빙긋 웃었다.

“이미 후회를 하고 있다, 신궁의 성을 버린 것을. 더 이상의 후회는 없을 것이다.”

이어 천뇌원주 사마량은 미련없이 멀어지는 장한명 일행을 향해 신형을 날렸다.

묵상과 공손우는 곤혹스러운 표정으로 서로의 얼굴만을 마주 볼 뿐이었다.

천지는 눈꽃으로 가득 찼다.

흐르는 세월은 유수와 같았다.

오 년 후.

조용하던 신궁세가가 갑자기 떠들썩했다.

"으악! 이번엔 셋이다, 셋……."

"아이고 신궁세가가 더 시끄러워지겠네."

"맙소사, 세 쌍둥이인 거야?"

"몽땅 고추네."

"후와, 재주도 좋네."

"낳았다 하면 최소 두 명 이상이네."

"이거 잘하면 신궁세가가 비좁게 생겼네그려. 껄껄……."

"그래도 신궁세가의 희망이 아닌가. 이거 정말 경사라구."

"경사지, 암 경사고 말고……."

따스한 봄기운이 밀려드는 신궁세가는 신궁화의 출산으로 인해 한바탕 소란에 휩싸였다.

밖에서 떠드는 소리에 신궁화는 자신이 세 쌍둥이를 출산했음을 알았다.

산파가 교대로 세 쌍둥이를 들어올려 신궁화에게 보여주자 신궁화는 주르르 눈물을 흘렸다.

화운과 묘화의 출산만을 지켜봐 왔던 그녀는 이번이 첫 출산이었다.

두 여인을 늘 부러워만 했던 그녀였는지라 자신의 아이들을 보는 순간 자신도 모르게 눈물부터 흘리고 만 것이다.

“닮았어… 아주 많이…….”

아이를 살피던 장한명이 신기한 듯 중얼거렸다.

신궁화는 눈물을 훔치며 곱게 웃어 보였다.

“그래요. 당신을 아주 닮았어요.”

장한명은 고개를 저었다.

“아니, 당신을 닮았소.”

“잘 봐요. 눈매와 입매가 당신 판박이잖아요.”

“어허, 날 닮으면 큰일이지. 당신을 닮아야 미남이 될텐데 말이오.”

“당신이 어때서요?”

“에이, 난 그저 평범…….”

“아뇨, 내 눈엔 당신이 세상에서 가장 잘생긴 미남인 걸요.”

“어허, 당신이야 눈에 콩깍지가 끼어서 그런 것이고.”

“후후…….”

“어쨌든 수고했어요. 그리고 고맙소.”

“저도 고마워요, 이런 행복을 주셔서…….”

“어허, 이놈 좀 보게! 어디다 감히 쉬를…….”

“어멋…….”

“이놈 제법 오줌빨이 세네그려. 하하하…….”

두 사람의 얼굴엔 행복이 가득 넘쳐흘렀다.

온갖 꽃이 앞을 다투어 피어나기 시작한 신궁세가의 뜨락에 신궁세가의 식솔들이 우르르 모여 있었다.

그들의 시선은 천뇌원주 사마량에게 향해 있었다.

천뇌원주 사마량이 핏덩이 세 손자를 안은 채 쩔쩔매고 있었다.

"이런이런… 한 녀석이 울기 시작하니 다른 녀석들도 따라 우네……."

그러나 기분 좋은지 연신 파안대소를 터뜨리고 있었다.

"핫하하… 그 녀석들 울음 한번 우렁차군. 앞으로 세상을 떨어 울릴 녀석들이로다."

순간 노부인이 천뇌원주 사마량을 노려보며 날카로운 한 소리를 흘렸다.

"여보, 당신 혹시 그 아이들에게?"

천뇌원주 사마량은 찔끔했다.

"내가 뭘? 난 그저……."

"신무학인지 개뿔인지 그거……."

"허억! 설마 그럴 리가 있겠소."

"아무래도 당신은 위험해."

노부인은 천뇌원주 사마량에게서 아이들을 뺏어 안았다.

"이 아이들은 신궁세가의 보물입니다. 이곳에서 건강하게 무럭무럭 자라면 그것으로 우린 만족해야 합니다."

천뇌원주 사마량은 머리를 긁적였다.

"허허… 내가 뭘 어쨌다고……. 난 말이오. 천하무림을 외면하고 그보다 더 큰 아홉 손자를 얻었소. 미련도 후회도 없소. 껄껄……."

"그럼 다행이구요."

노부인은 안도하는 표정으로 세 아이를 화운에게 넘겨주었고, 화운은 아이들의 볼에 뽀뽀를 한 후, 묘화에게 넘겨주었다.

묘화는 아이들을 차례로 꼬옥 끌어안은 후 장한명에게 넘겨주었다.

장한명은 아이들 셋을 가슴에 품고는 감개무량한 얼굴로 신궁화를 쳐다보았다.

"난 맹세컨대 우리의 아이들에게 일류를 바라진 않을 거요. 이류이든 삼류이든 건강하고 행복하게 살아가기만을 바랄 뿐이오."

신궁화는 고개를 끄덕였다.

"그럴 겁니다. 그렇게 살도록 키울 겁니다."

바로 이때였다.

까르르……. 하는 웃음소리와 함께 대력패천왕이 뜨락으로 등장했다.

쿵쿵쿵…….

대력패천왕은 전보다 더 살찐 모습이었으며, 지금 연신 식은땀을 흘리고 있었다.

대력패천왕의 양쪽 팔엔 여섯 명의 아이가 매달려 있었으며, 대력패천왕이 움직일 때마다 그네를 탄 듯 흔들리는 아이들은 그 재미에 자지러지고 있었다.

아이들은 두어 살에서 서너 살가량 되어 보였으며, 일부는 화운을, 일부는 묘화를 닮은 모습이었다.

아이들은 성화였다.

"아저씨 좀만 더 흔들어봐요."

"우와, 흔들린다! 헤헤헤……."

"히히히… 재미있다."

"꺄르르르……."

아이들은 재미있었지만 대력패천왕은 죽을 맛이었다.

"아이고, 이제 그만하면 안 될까요, 아가씨, 도련님들?"

이 말에 아이들은 아우성이었다.

"안 돼, 싫어. 더해."

"울어버린다!"

대력패천왕은 아이들의 협박에 할 수 없이 팔을 허수아비처럼 양쪽으로 흔들어댔다.

이 광경에 화운과 묘화는 기겁했다.

"위험해. 당장 거기에서 내려와라, 애들아."

"어머머… 떨어지겠다."

"저런 개구쟁이들⋯⋯."

그러나 아이들은 막무가내였다.

심지어는 대력패천왕의 팔을 타고 어깨로 기어올라 가기도 했으며, 목마를 타기도 했다.

그런 장면을 보며 신궁세가의 가솔들은 즐거워했다.

장한명 역시 흐뭇한 표정이었으며, 천뇌원주 사마량의 입은 아예 귀에 걸려 있었다.

장한명은 자신의 품에 안겨서 잠들어 있는 세 아이를 바라보며 신궁화를 팔꿈치로 툭 건드렸다.

"이 아이들을 보니 잊고 있었던 한 가지가 떠올랐소."

이 말에 화운과 묘화는 갸웃하며 장한명을 주시했다.

신궁화는 빙그레 웃었다.

"무엇이 갑자기 떠오른 거지요?"

장한명은 간단히 말했다.

"천외삼협⋯⋯."

이 말에 화운은 나직이 탄성을 발했다.

그녀도 비로소 천외삼협이라는 존재가 떠올랐던 것이다.

"소첩도 생각이 나는군요. 형님께서 언젠가 우리에게 천외삼협을 찾으라 했던 것 같은데… 그렇지요?"

신궁화는 의미심장하게 웃었다.

"그래서 찾았나요?"

장한명은 고개를 저었다.

“아니오.”

신궁화는 신비하게 웃으며 말을 이었다.

“곧 찾을 수 있을 걸요.”

장한명은 갸웃했다.

“곧……?”

바로 이 말이 떨어지는 순간이었다.

우우우우……!

하는 장소성이 저 멀리로부터 아득히 들려왔다.

그 소리는 빠른 속도로 신궁세가로 이동하기 시작했으며, 신궁세가의 식솔들은 흠칫했다.

천뇌원주 사마량은 눈살을 찌푸렸다.

“무림인이……?”

들려오는 장소성엔 만만치 않은 내공이 실려 있었던 것이다.

이어 산등성이에 걸린 노을을 타고 한 줄기 흰빛이 솟아올랐다.

흰빛은 백색 유삼을 걸친 노인이었다.

“아, 공유선생……!”

화운과 장한명은 동시에 상대가 누구인지 알아보고 반색을 했다.

공유선생은 장한명과 화운의 앞으로 살짝 내려앉으며 가볍게 포권을 해 보였다.

"좋은 소식이 있네, 장 공자."

장한명은 갸웃했다.

"좋은 소식이라니요?"

"마교는 스스로 해체를 선언했다네."

"그게 좋은 소식이라는 거요?"

"껄껄, 그럴 리가 있나."

장한명은 고개를 갸웃했다.

"그렇다면?"

공유선생은 온화하게 웃었다.

"마교의 해체와 동시에 천하무림인들은 자네와 신궁화, 그리고 화운 전주를 위한 공덕비를 세우기로 결정했다네."

"공덕비……?"

"백의성군 진유성을 제거하고, 무림을 지옥에서 구한 것이 자네들 세 사람의 공로라고 인정을 한 것이지."

"그것참……."

"무림인들이 자네들 세 사람을 일컬어 뭐라고 부르는 줄 아나?"

장한명은 궁금했다.

"뭐라고 부르던 가요?"

공유선생이 어깨를 쭉 펴며 말했다.

"천외삼협이라고 부른다네."

이 말에 장한명과 화운은 하마터면 기절할 뻔했다.

“처… 천외삼협……?”

장한명은 더듬거리며 말했다.

“그게 정말이오?”

공유선생은 고개를 끄덕였다.

“물론 정말이고 말고. 내 이래 봬도 사실 아닌 정보는 팔아 먹지를 않네.”

“아아…….”

장한명은 입을 벌린 채 신궁화를 응시했다.

“당신이 말한 천외삼협이…….”

신궁화는 고개를 끄덕였다.

“맞아요.”

“맙소사. 이걸 미리 예견했었단 말이오?”

“소첩이 예견했던 것은 아닙니다.”

“북천신유 그 어른께서?”

“그렇습니다.”

“아아…….”

화운과 장한명은 북천신유의 예지력에 경이로움을 느꼈다.

그는 백의성군 진유성을 견제하기 위해 세 가지 안배를 심었고, 그 세 가지 안배가 천외삼협으로 성장하리라는 것도 정확하게 예측하고 있었던 것이다.

“이런, 그렇다면 우리에게 당시에는 없는 천외삼협을 찾으라 했던 것이로군."

장한명이 따지듯 묻자 신궁화는 빙그레 웃었다.

"풋! 바로 지금 찾지 않으셨습니까?"

"끙……."

장한명은 신음했다.

그리고 막 따지려는 그 순간이었다.

"천외삼협 만세! 만만세!"

"천외삼협 만만세!"

대력패천왕의 선창에 대력패천왕의 몸에 대롱대롱 매달린 개구쟁이들이 또랑한 목소리로 따라서 외치기 시작한 것이다.

그 소리는 신궁세가가 자리한 분지를 떠나 멀리 울려 퍼지기 시작했으며, 메아리로 다시 되돌아왔다.

장한명은 공유선생을 바라보며 말했다.

"내가 바라는 것은 천외삼협이 아닙니다, 선생."

공유선생은 갸웃했다.

"그럼 무엇을 바라는가?"

장한명은 빙그레 웃었다.

"천외삼협이 아닌 아이들의 아버지로, 남편으로 지금처럼 살아가는 것을 바랄 뿐입니다."

"아니, 그럼 정말로 무림으로 돌아갈 생각이 없다는 건가?"

　이 말에 장한명이 안고 있던 아이들 가운데 한 명이 실례를
하자 공유선생은 엉겁결에 그것을 뒤집어썼다.
　장한명은 빙그레 웃으며 말했다.
“그거나 먹으랍니다, 선생.”
“허억!”
“하하……!”
모두의 웃음이 맑게, 길게 울렸다.
세상에서 가장 행복한 웃음이었다.

『백팔번뇌』 5권 終

운룡쟁천
雲龍爭天
조돈형 新무협 판타지 소설
FANTASTIC ORIENTAL HEROES
조돈형 新무협 판타지 소설
운룡쟁천
『궁귀검신 1.2부』, 『운한소회』, 『마도십병』의
작가 조돈형!!
새로운 무림 최강의 전설이 도래하다!!
운룡쟁천(雲龍爭天)!!
팔룡전설의 기재 팔 인(八人)의 등장으로 들썩이는 천하(天下)!!
그러나 여기 진정한 전설이 눈뜨려 하고 있으니!!
그가 무림에 모습을 드러내는 날, 새로운 전설이 탄생할 것이다!!
온 무림이 숨죽이며 기다리던 도극성의 무림행!
이제 시작이다! 나를 막을 자, 그 누구냐!
유행이 아닌 자유추구 -
WWW.chungeoram.com
Book Publishing CHUNGEORAM

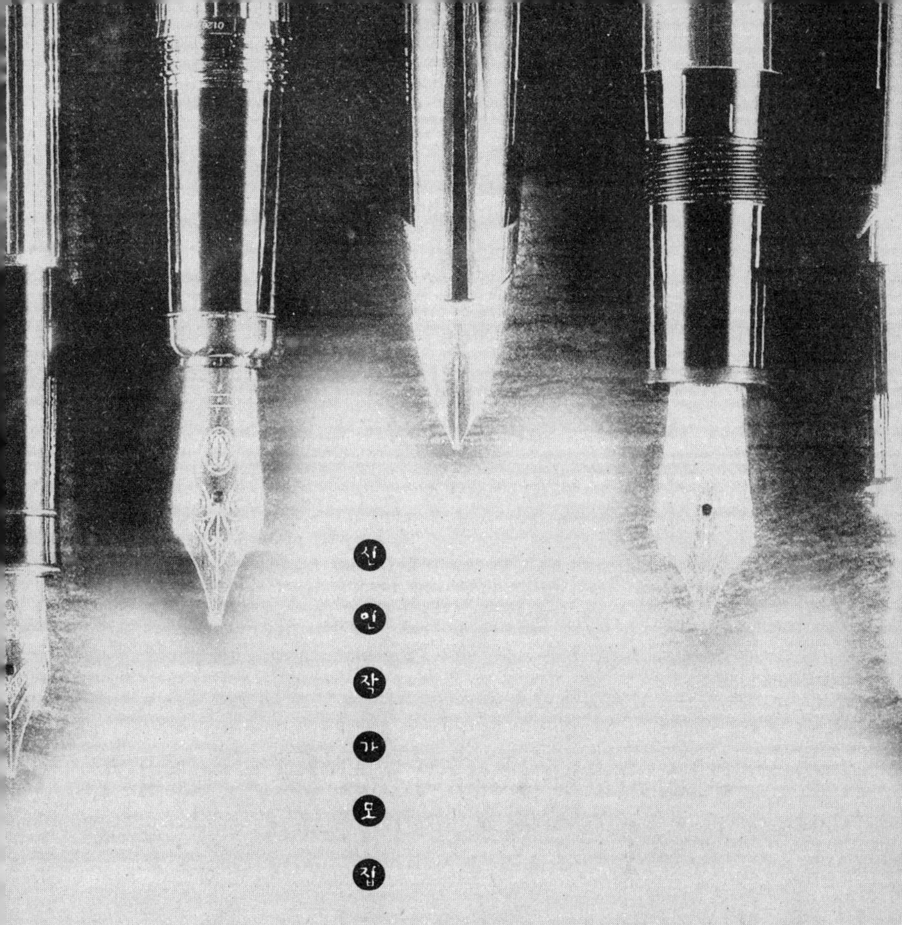
신

인

작

가

모

집

시작이 반이라고 했습니다.
작가의 길에 대한 보이지 않는 벽을 과감히 깨뜨리십시오!
청어람은 작가 지망생 여러분들의
멋진 방향타가 되어드리겠습니다.

저희 도서출판 청어람에서는
소설 신인 작가분들을 모집합니다.
판타지와 무협을 사랑하시는 분들의 많은 참여를 바랍니다.
소정의 원고(A4용지 150매)를 메일이나 우편으로 보내주시면
검토 후 출판 여부를 알려드리겠습니다.

주소:경기도 부천시 원미구 심곡1동 350-1 남성B/D 3F 우편번호420-011
TEL:032-656-4452 · FAX:032-656-4453
http://www.chungeoram.com
e-mail:chungeoram@chungeoram.com

저작권 보호!!
장르문학의 성장에 힘이 되어주십시오.

저작물의 무단 전재와 복제, 불법 다운로드!
이것은 관심이 아니라 무관심입니다!

작가님들은 창의적 열정과 시간을 투자해 자신의 꿈과 생계를 유지합니다.
한 권의 책을 만들어 많은 사람들은 자신의 인생과 미래를 설계합니다.

저작물 속에는 여러 사람의 노력과 희망이
담겨 있습니다!

저작물의 무단 전재와 복제, 불법 다운로드는 여러 사람들의 꿈과 생계를
위협함으로써 장르문학을 심각한 상황에 빠뜨리고 있습니다.

이제는 무관심이 아니라 관심으로 장르문학의
성장에 힘이 되어주세요.

[도서출판 **청어람**은 항시적인 저작권 보호를 통해 장르문학과
여러분의 희망을 지키겠습니다.]

저작물의 무단 전재와 복제, 불법 다운로드는 법률에 의해 처벌받을 수 있습니다.
저작권법 제97조의5 (권리의 침해죄)
저작재산권 그 밖의 이 법에 의하여 보호되는 재산적 권리(제73조의 4의 규정에 의한 권리를
제외한다)를 복제·공연·방송·전시·전송·배포·2차적 저작물 작성의 방법으로 침해한
자는 5년 이하의 징역 또는 5천만 원 이하의 벌금에 처하거나 이를 병과(동시에 두 가지 이상의
형벌을 지우는 일)할 수 있다.

도서출판 **청어람**

무천향

武天鄕

허담 新무협 판타지 소설

뿌리를 찾아가는 목동 파소의 여행.
그 여정의 끝에서
검 든 자들의 고향 대무천향 (大武天鄕)을 만난다.

검객 단보, 그는 노래했다.

…모든 검 든 자들의 고향 무천향.
한초식의 검에 잠든 용이 깨어나고, 또 한초식의 검에 잠든 바다가 일어나네.
검의 흐름을 따라가다 보면 어느새, 세월도 잊어버리고, 사랑도 잊어버리고,
무공도 잊어버려…….
결국에는 자신조차 잊어버리는…….

은하의 가장 밝은 빛이 되어버린다는
그 무성(武星)들의 대지(大地).

아, 대무천향(大武天鄕)이여!

閻王眞武
염왕진무

김석진 新무협 판타지 소설

"그, 그럼 어디서 오셨습니까?"
무심하게 고개를 돌리며 진무가 속삭이듯 말했다.

……지옥에서.

인간이라면 절대 익힐 수 없다는 강호삼대불가득!
그것에 얽힌 비사를 풀기 위해 그가 강호로 나섰다!
피처럼 붉은 무적의 강기, 혼돈혈애를 전신에 두르고
수라격체술과 염왕보로 천하를 질타하는 쾌남아, 진무!
염왕의 진실한 무학을 발현하여 무림삼패세와 고금십대천병을
이겨내고 속세의 악업을 심판하는 진정한 염왕이 되어라!

이제 강호는 진무의
일거수일투족에 열광한다!

유행이 아닌 자유추구 ―
WWW.chungeoram.com
Book Publishing CHUNGEORAM

絶代君臨

절대군림

장영훈 新무협 판타지 소설

문피아 골든베스트 1위, 선호작 베스트 1위

「보표무적」, 「일도양단」, 「마도쟁패」에 이은 장영훈의 네 번째 강호이야기.

절대군림

"왜 나를 선택했지?"
"당신은 좋은 어른이니까."

호북 제패를 시작으로 적이건의 강호 제패가 시작된다.

"비록 아버지의 강호가 옳다 해도, 난 어머니의 강호에서 살 거야.
아버지의 강호는 너무… 고리타분하거든."

왼손에는 군자검을, 오른손에는 지옥도를 든 천하제일 과일상 행운유수의 장남 적이건.
그의 유쾌하고 신나는 강호제패기

"문파를 세울 거야. 이 강호에서 가장 강하고 멋진."